U0108763

精選

紅樓夢

曹雪芹 著

商務印書館

精選紅樓夢

原　　著：曹雪芹

責任編輯：吳　銘

出　　版：商務印書館 (香港) 有限公司

　　　　　香港筲箕灣耀興道 3 號東滙廣場 8 樓

　　　　　http://www.commercialpress.com.hk

發　　行：香港聯合書刊物流有限公司

　　　　　香港新界大埔汀麗路 36 號中華商務印刷大廈 3 字樓

印　　刷：中華商務彩色印刷有限公司

　　　　　香港新界大埔汀麗路 36 號中華商務印刷大廈

版　　次：2019 年 2 月第 3 次印刷

　　　　　© 2009 商務印書館 (香港) 有限公司

　　　　　ISBN　978 962 07 1859 5

　　　　　Printed in Hong Kong

版權所有，不准以任何方式，在世界任何地區，以中文或其他
文字翻印、仿製或轉載本書圖版和文字之一部分或全部。

目 錄

《紅樓夢》密碼

"滿紙荒唐言，一把辛酸淚。都云作者癡，誰解其中味？"曹雪芹在書中第一回就很懷疑：一部《紅樓夢》，世上到底有多少人能真正明白"我"在講甚麼？

作者開篇說："曾歷過一番夢幻之後，故將真事隱去"，而借用別人的話，來說自己的事。因此，讀紅樓，探究本事，成為研究者的課題之一。

很多人從作者的身世開始解謎。曹雪芹生活在一個"百年望族"家庭，從曾祖父起三代世襲江寧織造達 60 年之久。祖父曹寅當過康熙的"侍讀"，曾祖母又是康熙的乳母。少年時代的曹雪芹"錦衣紈絝"、"飫甘饜肥"，像賈寶玉一樣過着豪門公子的奢侈生活。雍正五年（1727），他父親遭革職抄家，家族的權勢和財產都喪失了，他經歷了由錦衣玉食到"舉家食粥"的巨變。

曹雪芹，這位過去的富貴公子，開始了貧苦的生活，中間又遭逢幼子夭折。他在貧病中，花費十年功夫，把所有的心血都傾注到《紅樓夢》，用他自己的話是"字字看來皆是血，十年辛苦不尋常"，結果五十歲不到，就"淚盡而逝"。而當時的小說，並不像現在，在文學創作上有那麼崇高的地位，而是遭人笑罵、受人鄙視的"盲詞小說""稗官野史"。曹雪芹為甚麼要用它寫出"滿紙荒唐言"呢？

沿着探究本事尋找真意的人們，卻不認為這是一部虛構的小說，而認定它有現實或寫實性，他們給出的謎底非常富有傳奇色彩，原來《紅樓夢》寫的是清世祖順治與董鄂妃的故事，寫的是詞人納蘭成德的故事，寫的是作者自己的故事，等等。

又有很多人跳出考據索隱，明確地把《紅樓夢》看作一部小說，而不是一種歷史文件，或者甚麼曹雪芹密碼，雖然其中大量材料取自作者的生活背景。讀《紅樓夢》，就要從文學藝術的範圍，去發揮想像，去認識人性和多樣的世界。如此這樣解碼，《紅樓夢》就可呈現出更多的面貌。

《紅樓夢》是言情小說，故事以賈寶玉、林黛玉、薛寶釵三人的愛情糾葛貫穿。但是《紅樓夢》人物眾多，內容豐富，思想深刻，主題又不是男女愛情足可以涵蓋。

魯迅把它歸作“人情小說”，不單純是講寶玉、黛玉、寶釵的愛情婚姻的言情小說。這一點，從文字篇幅的多少也可略見一斑，在前 80 回中，敘述三人關係的內容僅佔十分之三 。更多篇章是寫世事間的人際關係。

《紅樓夢》全景式地展現了榮寧二府大家庭的興衰史，舉凡當時生活的環境，如官僚制度，科舉制度，家庭制度，婚姻制度，奴婢制度等，莫不涉及。它又是社會小說了。

《紅樓夢》是一部悲劇，不但寧、榮兩府之由盛而衰，十二釵之由榮而悴，能使讀者為之愴然雪涕。如果在仔細品味寶玉的身世際遇，《紅樓夢》可以說是一部問題小說。紅學專家俞平伯如是說。

不止如此。從今回望一百年，中國文化界的知名學者們，幾乎都曾自覺不自覺地參加過《紅樓夢》解碼或猜謎的討論。這樣的情形也許可以說明，每個人的心目中都有自己的賈寶玉和林黛玉，每個時代都有自己的《紅樓夢》。

曹雪芹寫作《紅樓夢》

‖ 滿紙荒唐言，一把辛酸淚。
都云作者癡，誰解其中味？ ‖

第一篇　黛玉喪母進賈府

賈雨村次日面謀之林如海。如海道"天緣湊巧，因賤荊去世，都中家岳母念及小女無人依傍，前已遣了男女船隻來接，因小女未曾大痊，故尚未行，此刻正思送女進京。因向蒙教訓之恩，未經酬報，遇此機會，豈有不盡心圖報之理。弟已預籌之，修下薦書一封，託內兄務為周全，方可稍盡弟之鄙誠。如海又說："擇了出月初二日小女入都，吾兄即同路而往，豈不兩便？"雨村唯唯聽命，心中十分得意。如海遂打點禮物並餞行之事，雨村一一領了。

且說黛玉自那日棄舟登岸時，便有榮府打發轎子並拉行李車輛伺候。這黛玉嘗聽得母親說，他外祖母家與別人家不同。他近日所見的這幾個三等的僕婦，吃穿用度，已是不凡，何況今至其家，都要步步留心，時時在意，不要多說一句話，不可多行一步路，恐被人恥笑了去。自上了轎，進了城，從紗窗中瞧了一瞧，其街市之繁華、人煙之阜盛，自非別處可比。又行

了半日，忽見街北蹲着兩個大石獅子，三間獸頭大門，門前列坐着十來個華冠麗服之人。正門不開，只東西兩角門有人出入。正門之上有一匾，匾上大書"敕造寧國府"五個大字。

黛玉想道："這是外祖的長房了。"又往西不遠，照樣也是三間大門，方是"榮國府"，卻不進正門，只由西角門而進。轎子抬着走了一箭之遠，將轉彎時，便歇了轎，後面的婆子也都下來了，另換了四個眉目秀潔的十七八歲的小廝上來抬着轎子，眾婆子步下跟隨。至一垂花門前落下，那小廝俱肅然退出，眾婆子上前打起轎簾，扶黛玉下了轎。

黛玉扶着婆子的手進了垂花門，兩邊是超手遊廊，正中是穿堂，當地放着一個紫檀架子大理石屏風。轉過屏風，小小三間廳房，廳後便是正房大院。正面五間上房，皆是雕梁畫棟，兩邊穿山遊廊、廂房，掛着各色鸚鵡、畫眉等雀鳥。台階上坐着幾個穿紅着綠的丫頭，一見他們來了，都笑迎上來，道："剛才老太太還念誦呢！可巧就來了。"於是三四人爭着打簾子，一面聽得人說："林姑娘來了！"

黛玉方進房，只見兩個人攙着一位鬢髮如銀的老母迎上來，黛玉知是外祖母了，正欲下拜，早被外祖母抱住，摟入懷中，"心肝兒肉"叫着大哭起來；當下侍立之人，無不下淚；黛玉也哭個不休。眾人慢慢解勸，那黛玉方拜見了外祖母。賈母方一一指與黛玉道："這是你大舅母。這是二舅母。這是你先前珠大哥的媳婦珠大嫂子。"黛玉一一拜見。賈母又叫："請姑娘們。今日遠客來了，可以不必上學去。"眾人答應了一聲，便去了兩個。

不一時，只見三個奶媽並五六個丫鬟擁着三位姑娘來了：第一個肌膚微豐，身材適中，腮凝新荔，鼻膩鵝脂，溫柔沉默，觀之可親；第二個削肩細腰，長挑身材，鴨蛋臉兒，俊眼修眉，顧盼神飛，文采精華，見之忘俗；第三個身量未足，形容尚小。

其釵環裙襖，三人皆是一樣的裝束。黛玉忙起身迎上來見禮，互相廝認；歸了坐位，丫鬟送上茶來；不過敘些黛玉之母如何得病、如何請醫服藥、如何送死發喪。不免賈母又傷感起來，因說：“我這些女孩兒，所疼的獨有你母親，今一旦先我而亡，不得見面，怎不傷心！”說着攜了黛玉的手又哭起來；眾人都忙相勸慰，方略略止住。

眾人見黛玉年紀雖小，其舉止言談不俗，身體面貌雖弱不勝衣，卻有一段風流態度，便知他有不足之症，因問：“常服何藥？為何不治好了？”黛玉道：“我自來如此，從會吃飯時便吃藥，到如今了，經過多少名醫，總未見效。那一年我才三歲，記得來了一個癩頭和尚，說要化我去出家，我父母自是不從。他又說：‘既捨不得他，但只怕他的病一生也不能好的！若要好時，除非從此以後總不許見哭聲，除父母之外，凡有外親，一概不見，方可平安了此一生。’這和尚瘋瘋癲癲說了這些不經之談，也沒人理他。如今還是吃人參養榮丸。”賈母道：“這正好，我這裏正配丸藥呢，叫他們多配一料就是了。”

9

一語未完，只聽後院中有笑語聲，說：“我來遲了，沒得迎接遠客！”黛玉思忖道：“這些人個個皆斂聲屏氣如此，這來者是誰，這樣放誕無禮？”心下想時，只見一眾媳婦丫鬟擁着一個麗人，從後房進來。這個人打扮與姑娘們不同，彩繡輝煌，恍若神妃仙子。一雙丹鳳三角眼，兩彎柳葉掉梢眉，身量苗條，體格風騷，粉面含春威不露，丹唇未啟笑先聞。

黛玉連忙起身接見，賈母笑道：“你不認得他，他是我們這裏有名的一個潑辣貨，南京所謂‘辣子’，你只叫他‘鳳辣子’就是了。”黛玉正不知以何稱呼，眾姊妹都忙告訴黛玉道：“這是璉二嫂子。”黛玉雖不曾識面，聽見他母親說過，大舅賈赦之子賈璉，娶的就是二舅母王氏的內侄女；自幼假充男兒教養，學名叫做王熙鳳。黛玉忙陪笑見禮，以“嫂”呼之。

這熙鳳攜着黛玉的手，上下細細打量一回，便仍送至賈母身邊坐下。因笑道：“天下真有這樣標緻人兒！我今日才算看見了！況且這通身的氣派竟不像老祖宗的外孫女兒，竟是嫡親的孫女兒似的，怨不得老祖宗天天嘴裏心裏放不下。只可憐我這妹妹這麼命苦，怎麼姑媽偏就去世了呢！”說着便用帕拭淚。賈母笑道：“我才好了，你又來招我。你妹妹遠路才來，身子又弱，也才勸住了，快別再提了。”熙鳳聽了，忙轉悲為喜道：“正是呢！我一見了妹妹，一心都在他身上，又是喜歡，又是傷心，竟忘了老祖宗了，該打，該打！”又忙拉着黛玉的手問道：“妹妹幾歲了？可也上過學？現吃甚麼藥？在這裏別想家，要甚麼吃的、甚麼玩的，只管告訴我；丫頭老婆們不好，也只管告訴我。”黛玉一一答應。一面熙鳳又問人：“林姑娘的東西可搬進來了？帶了幾個人來？你們趕早打掃兩間屋子，叫他們歇歇兒去。”

説話時，已擺了果茶上來，熙鳳親自布讓。又見二舅母問他：「月錢放完了沒有？」熙鳳道：「放完了。剛才帶了人到後樓上找緞子，找了半日，也沒見昨兒太太説的那個；想必太太記錯了。」王夫人道：「有沒有，甚麼要緊。」因又説道：「該隨手拿出兩個來給你這妹妹裁衣裳啊。等晚上想着再叫人去拿罷。」熙鳳道：「我倒先料着了，知道妹妹這兩日必到，我已經預備下了；等太太回去過了目，好送來。」王夫人一笑，點頭不語。

　　當下茶果已撤，賈母命兩個老嬤嬤帶黛玉去見兩個舅舅去。維時賈赦之妻邢氏忙起身笑回道：「我帶了外甥女兒過去，到底便宜些。」賈母笑道：「正是呢，你也去罷，不必過來了。」那邢夫人答應了，遂帶着黛玉和王夫人作辭，大家送至穿堂。垂花門前早有眾小廝拉過一輛翠幄清油車來，邢夫人攜了黛玉坐上，眾老婆們放下車簾，方命小廝們抬起，拉至寬處，駕上馴騾，出了西角門往東，過榮府正門，入一黑油漆大門內，至儀門前，方下了車。邢夫人挽着黛玉的手進入院中，黛玉度其處必是榮府中之花園隔斷過來的。進入三層儀門，果見正房、廂房、遊廊悉皆小巧別致，不似那邊的軒峻壯麗；且院中隨處之樹木山石皆好。及進入正室，早有許多艷妝麗服之姬妾丫鬟迎着。

　　邢夫人讓黛玉坐了，一面令人到外書房中請賈赦。一時回來説：「老爺説了：『連日身上不好，見了姑娘彼此傷心，暫且不忍相見。勸姑娘不必傷懷想家，跟着老太太和舅母，是和家裏一樣的。姐妹們雖拙，大家一處作伴，也可以解些煩悶。或有委屈之處，只管説，別外道了才是。』」

　　黛玉忙站起身來一一答應了。再坐一刻，便告辭，邢夫人苦留吃過飯去，黛玉笑回道：「舅母愛惜賜飯，原不應辭，只是還要過去拜見二舅舅，恐去遲了不恭，異日再領，望舅母容諒。"邢夫人遂命兩個嬤嬤用方才坐來的車送過去，於是黛玉告辭。邢夫人送至儀門前，又囑咐了眾人幾句，眼看着車去了方回來。

一時黛玉進入榮府，下了車，只見一條大甬路，直接出大門來，眾嬤嬤引着便往東轉彎，走過一座東西穿堂、向南大廳之後，儀門內大院落，上面五間大正房，兩邊廂房鹿頂，耳門鑽山，四通八達，軒昂壯麗，比各處不同，黛玉便知這方是正內室。

原來王夫人時常居坐宴息也不在這正室中，只在東邊的三間耳房內。於是嬤嬤們引黛玉進東房門來。

到了東廊三間小正房內：正面炕上橫設一張炕桌，上面堆着書籍茶具，靠東壁面西設着半舊的青緞靠背引枕；王夫人卻坐在西邊下首，見黛玉來了，便往東讓。黛玉心中料定這是賈政之位，因見挨炕一溜三椅子上也搭着半舊的彈花椅袱，黛玉便向上坐了。王夫人再三讓他上炕，他方挨王夫人坐下。王夫人因說："你舅舅今日齋戒去了，再見罷。只是有句話囑咐你：你三個姐妹倒都極好，以後一處念書認字、學針線。我就只一件不放心，我有一個孽根禍胎，是家裏的'混世魔王'，今日因往廟裏還願去，尚未回來，晚上你看見就知道了。你以後總不用理會他，你這些姐姐妹妹都不敢沾惹他的。"

黛玉素聞母親說過，有個內侄乃銜玉而生，頑劣異常，不喜讀書，最喜在內幃廝混；外祖母又溺愛，無人敢管。今見王夫人所說，便知是這位表兄，一面陪笑道："舅母所說，可是銜玉而生的？在家時記得母親常說，這位哥哥比我大一歲，小名就叫寶玉，性雖憨頑，說待姊妹們卻是極好的。況我來了，自然和姊妹們一處，弟兄們是另院別房，豈有沾惹之理？"王夫人笑道："你不知道原故，他和別人不同，自幼因老太太疼愛，原係和姐妹們一處嬌養慣了的。若姐妹們不理他，他倒還安靜些；若一日姐妹們和他多説了一句話，他心上一喜，便生出許多事來。所以囑咐你別理會他，他嘴裏一時甜言蜜語，一時有天沒日，瘋瘋傻傻，只休信他。”

黛玉一一的都答應着。忽見一個丫鬟來説：“老太太那裏傳晚飯了。”王夫人忙攜了黛玉出後房門，由後廊往西，出了角門，是一條南北甬路。南邊是倒座三間小小抱廈廳，北邊立着一個粉油大影壁，後有一個半大門，小小一所房屋，王夫人笑指向黛玉道：“這是你鳳姐姐的屋子，回來你好往這裏找他去，少甚麼東西只管和他説就是了。”王夫人遂攜黛玉穿過一個東西穿堂，便是賈母的後院了，於是進入後房門。已有許多人在此伺候，見王夫人來，方安設桌椅；賈母正面榻上獨坐，兩旁四張空椅，熙鳳忙拉黛玉在左邊第一張椅子上坐下，黛玉十分推讓，賈母笑道：“你舅母和嫂子們是不在這裏吃飯的。你是客，原該這麼坐。”黛玉方告了坐。賈母命王夫人也坐了。迎春姊妹三個告了坐方上來，迎春坐右手第一，探春左第二，惜春右第二。旁邊丫鬟執着拂塵、漱盂、巾帕，李紈鳳姐立於案邊布讓；外間伺候的媳婦丫鬟雖多，卻連一聲咳嗽不聞。飯畢，各各有丫鬟用小茶盤捧上茶來。當日林家教女以惜福養身，每飯後必過片時方吃茶，不傷脾胃。今黛玉見了這裏許多規矩，不似家中，也只得隨和些，接了茶。又有人捧過漱盂來，黛玉也漱了口，又盥手畢。然後又捧上茶來——這方是吃的茶。

賈母便説：“你們去罷，讓我們自在説説話兒。”王夫人起身，又説了兩句閑話兒，方引李鳳二人去了。賈母因問黛玉念何書？黛玉道：“剛念了《四書》。”黛玉又問姊妹們讀何書？賈母道：“讀甚麼書，不過認幾個字罷了！”

一語未了，只聽外面一陣腳步響，丫鬟進來報道：“寶玉來了。”黛玉心想：“這個寶玉不知是怎樣個憊懶人呢！”及至進來一看，卻是位青年公子：頭上戴着束髮嵌寶紫金冠，齊眉勒着二龍戲珠金抹額，一件二色金百蝶穿花大紅箭袖，束着五彩絲攢花結長穗宮縧，外罩石青起花八團倭緞排穗褂！登着青緞粉底小朝靴；面若中秋之月，色如春曉之花，鬢若刀裁，眉如墨畫，鼻如懸膽，睛若秋波，雖怒時而似笑，即瞋視而有情；項上金螭瓔絡，又有一根五色絲縧，繫着一塊美玉。

黛玉一見便吃一大驚，心中想道："好生奇怪，倒像在哪裏見過的，何等眼熟！"只見這寶玉向賈母請了安，賈母便命："去見你娘來。"即轉身去了。一回再來時，已換了冠帶，頭上周圍一轉的短髮，都結成小辮，紅絲結束，共攢至頂中胎髮，總編一根大辮，黑亮如漆，從頂至梢，一串四顆大珠，用金八寶墜腳；身上穿着銀紅撒花半舊大襖；仍舊帶着項圈、寶玉、寄名鎖、護身符等物；下面半露松綠撒花綾褲，錦邊彈墨襪，厚底大紅鞋。愈顯得面如傅粉，唇若施脂；轉盼多情，語言若笑；天然一段風韻，全在眉梢；平生萬種情思，悉堆眼角。

卻說賈母見他進來，笑道："外客沒見就脫了衣裳了！還不去見你妹妹呢。"寶玉早已看見了一個裊裊婷婷的女兒，便料定是林姑媽之女，忙來見禮；歸了坐細看時，真是與眾各別。只見：

兩彎似蹙非蹙籠煙眉，一雙似喜非喜含情目。

態生兩靨之愁，嬌襲一身之病。

淚光點點，嬌喘微微。

閑靜似嬌花照水，行動如弱柳扶風。

心較比干多一竅，病如西子勝三分。

寶玉看罷，笑道："這個妹妹我曾見過的。"賈母笑道："又胡說了！你何曾見過？"寶玉笑道："雖沒見過，卻看着面善，心裏倒像是遠別重逢的一般。"賈母笑道："好！好！這麼更相和睦了。”

寶玉便走向黛玉身邊坐下，又細細打量一番，因問：“妹妹可曾讀書？”黛玉道：“不曾讀書，只上了一年學，些須認得幾個字。”寶玉又道：“妹妹尊名？”黛玉便說了名，寶玉又道：“表字？”黛玉道：“無字。”寶玉笑道：“我送妹妹一字，莫若‘顰顰’二字極妙。”探春便道：“何處出典？”寶玉道：“《古今人物通考》上說：‘西方有石名黛，可代畫眉之墨。’況這妹妹眉尖若蹙，取這個字豈不美？”探春笑道：“只怕又是杜撰！”寶玉笑道：“除了《四書》，杜撰的也太多呢。”因又問黛玉：“可有玉沒有？”眾人都不解，黛玉便忖度着：“因他有玉，所以才問我的。”便答道：“我沒有玉。你那玉也是件稀罕物兒，豈能人人皆有？”

寶玉聽了，登時發作起狂病來，摘下那玉，就狠命摔去，罵道：“甚麼罕物！人的高下不識，還說靈不靈呢！我也不要這勞什子。”吓的地下眾人一擁爭去拾玉，賈母急的摟了寶玉道：“孽障！你生氣要打罵人容易，何苦摔那命根子！”寶玉滿面淚痕哭道：“家裏姐姐妹妹都沒有，單我有，我說沒趣兒；如今來了這個神仙似的妹妹也沒有，可知這不是個好東西。”賈母忙哄他道：“你這妹妹原有玉來着，因你姑媽去世時，捨不得你妹妹，無法可處，遂將他的玉帶了去。一則全殉葬之禮，盡你妹妹的孝心；二則你姑媽的陰靈兒也可權作見了你妹妹了。因此他說沒有，也是不便自己誇張的意思啊。你還不好生帶上，仔細你娘知道！”說着便向丫鬟手中接來，親與他帶上。寶玉聽如此說，想了一想，也就不生別論。

當下奶娘來問黛玉房舍，賈母便說：“將寶玉挪出來，同我在套間暖閣裏；把你林姑娘暫且安置在碧紗廚裏，等過了殘冬，春天再給他們收拾房屋，另作一番安置罷。”寶玉道：“好祖宗！我就在碧紗廚外的牀上很妥當，又何必出來，鬧的老祖宗不得安靜呢？"賈母想一想，説："也罷了。"每人一個奶娘並一個丫頭照管，餘者在外間上夜聽喚。一面早有熙鳳命人送了一頂藕合色花帳並錦被緞褥之類。

黛玉只帶了兩個人來：一個是自己的奶娘王嬤嬤，一個是十歲的小丫頭，名喚雪雁。賈母見雪雁甚小，一團孩氣，王嬤嬤又極老，料黛玉皆不遂心，將自己身邊一個二等小丫頭名喚鸚哥的與了黛玉。亦如迎春等一般，每人除自幼乳母外，另有四個教引嬤嬤；除貼身掌管釵釧盥沐兩個丫頭外，另有四五個灑掃房屋、來往使役的小丫頭。當下王嬤嬤與鸚哥陪侍黛玉在碧紗廚內，寶玉乳母李嬤嬤並大丫頭名喚襲人的陪侍在外面大牀上。

原來這襲人亦是賈母之婢，本名蕊珠，賈母因溺愛寶玉，恐寶玉之婢不中使，素日蕊珠心地純良，遂與寶玉。寶玉因知他本姓花，又曾見舊人詩句有"花氣襲人"之句，遂回明賈母，即把蕊珠更名襲人。

卻説襲人倒有些癡處，伏侍賈母時，心中只有賈母；如今跟了寶玉，心中又只有寶玉了。只因寶玉性情乖僻，每每規諫，見寶玉不聽，心中着實憂鬱。是晚寶玉李嬤嬤已睡了，他見裏面黛玉、鸚哥猶未安歇，他自卸了妝，悄悄的進來，笑問："姑娘怎麼還不安歇？"黛玉忙笑讓："姐姐請坐。"襲人在牀沿上坐了，鸚哥笑道："林姑娘在這裏傷心，自己淌眼抹淚的，説：'今兒才來了，就惹出你們哥兒的病來。倘或摔壞了那玉，豈不是因我之過！'所以傷心，我好容易勸好了。"襲人道："姑娘快別這麼着！將來只怕比這更奇怪的笑話兒還有呢。若為他這種行狀，你多心傷感，只怕你還傷感不了呢，快別多心！"黛玉道："姐姐們説的，我記着就是了。"又敍了一回，方才安歇。

第二篇　寶玉讀經悟禪機

　　且說寶玉有天正和寶釵玩笑，忽見人說"史大姑娘來了。"寶玉聽了，連忙就走，寶釵笑道："等着，咱們兩個一齊兒走，瞧瞧他去。"說着，下了炕，和寶玉來至賈母這邊。只見史湘雲大說大笑的，見了他兩個，忙站起來問好。正值黛玉在旁，因問寶玉："打哪裏來？"寶玉便說："打寶姐姐那裏來。"黛玉冷笑道："我說呢！虧了絆住，不然，早就飛了來了。"寶玉道："只許和你玩，替你解悶兒，不過偶然到他那裏，就說這些閑話。"黛玉道："好沒意思的話！去不去，管我甚麼事？又沒叫你替我解悶兒！還許你從此不理我呢！"說着，便賭氣回房去了。

　　寶玉忙跟了來，問道："好好兒的又生氣了？就是我說錯了，你到底也還坐坐兒，合別人說笑一會子啊。"黛玉道："你管我呢！"寶玉笑道："我自然不敢管你，只是你自己糟蹋壞了身子呢。"黛玉道："我作踐了我的身子，我死我的，與你何干？"寶玉道："何苦來？大正月裏，'死'了'活'了的。"黛玉道："偏說'死'！我這會子就死！你怕死，你長命百歲的活着！好不好？"寶玉笑道："要像只管這麼鬧，我還怕死嗎？倒不如死了乾淨。"黛玉忙道："正是了，要是這樣鬧，不如死了乾淨！"寶玉道："我說自家死了乾淨，別錯聽了話，又賴人。"正說着，寶釵走來，說："史大妹妹等你呢。"說着，便拉寶玉走了。這黛玉愈發氣悶，只向窗前流淚。

　　沒兩盞茶時，寶玉仍來了。黛玉見了，愈發抽抽搭搭的哭個不住。寶玉見了這樣，知難挽回，打疊起百樣的款語溫言來勸慰。不料自己沒張口，只聽黛玉先說道："你又來作甚麼？

17

死活憑我去罷了！橫豎如今有人和你玩，比我又會念，又會作，又會寫，又會説會笑，又怕你生氣，拉了你去哄着你。你又來作甚麼呢？"寶玉聽了，忙上前悄悄的説道："你這麼個明白人，難道連'親不隔疏，後不僭先'也不知道？我雖糊塗，卻明白這兩句話。頭一件，咱們是姑舅姐妹，寶姐姐是兩姨姐妹，論親戚也比你遠。第二件，你先來，咱們兩個一桌吃，一牀睡，從小兒一處長大的，他是才來的，豈有個為他遠你的呢？"黛玉啐道："我難道叫你遠他？我成了甚麼人了呢？我為的是我的心！"寶玉道："我也為的是我的心。你難道就知道你的心，不知道我的心不成？"

黛玉聽了，低頭不語，半日説道："你只怨人行動嗔怪你，你再不知道你慪的人難受。就拿今日天氣比，分明冷些，怎麼你倒脱了青披風呢？"寶玉笑道："何嘗沒穿？見你一惱，我一暴燥，就脱了。"黛玉歎道："回來傷了風，又該訛着吵吃的了。"

二人正説着，只見湘雲走來，笑道："愛哥哥，林姐姐，你們天天一處玩，我好容易來了，也不理我理兒。"黛玉笑道："偏是咬舌子愛説話，連個'二'哥哥也叫不上來，只是'愛'哥哥、'愛'哥哥的。回來趕圍棋兒，又該你鬧么'愛'三了。"寶玉笑道："你學慣了，明兒連你還咬起來呢。"

三人正難分解，有人來請吃飯，方往前邊來。那天已掌燈時分，大家閑話了一回，各自歸寢。湘雲仍往黛玉房中安歇。

次早，天方明時，寶玉便披衣靸鞋往黛玉房中來了，卻不見紫鵑、翠縷二人，只有他姊妹兩個尚臥在衾內。那黛玉嚴嚴密密裹着一幅杏子紅綾被，安穩合目而睡。湘雲卻一把青絲，拖於枕畔；一幅桃紅紬被，只齊胸蓋着，襯着那一彎雪白的膀子，撂在被外，上面明顯着兩個金鐲子。寶玉見了歎道："睡覺還是不老實！回來風吹了，又嚷肩膀疼了。"一面説，一面

精選
紅樓夢
寶玉讀經悟禪機

輕輕的替他蓋上。

黛玉早已醒了，覺得有人，就猜是寶玉，翻身一看，果然是他。因說道：“這早晚就跑過來作甚麼？”寶玉說道：“這還早呢！你起來瞧瞧罷。”黛玉道：“你先出去，讓我們起來。”

寶玉也不理他，忙忙的要青鹽擦了牙，漱了口，完畢，見湘雲已梳完了頭，便走過來笑道：“好妹妹，替我梳梳呢。”湘雲道：“這可不能了。”寶玉笑道：“好妹妹，你先時候兒怎麼替我梳了呢？”湘雲道：“如今我忘了，不會梳了。”寶玉道：“橫豎我不出門，不過打幾根辮子就完了。”說着，又千“妹妹”萬“妹妹”的央告。湘雲只得扶過他的頭來梳篦。原來寶玉在家並不戴冠，只將四圍短髮編成小辮，往頂心髮上歸了總，編一根大辮，紅縧結住。自髮頂至辮梢，一路四顆珍珠，下面又有金墜腳兒。湘雲一面編着，一面說道：“這珠子只三顆了，這一顆不是了，我記得是一樣的，怎麼少了一顆？”寶玉道：“丟了一顆。”湘雲道：“必定是外頭去，掉下來，叫人揀去了。

倒便宜了揀的了。"黛玉旁邊冷笑道:也不知是真丟,也不知是給了人鑲甚麼戴去了呢!"寶玉不答,因鏡台兩邊都是妝奩等物,順手拿起來賞玩,不覺拈起了一盒子胭脂,意欲往口邊送,又怕湘雲說,正猶豫間,湘雲在身後伸過手來,"啪"的一下將胭脂從他手中打落,說道:"不長進的毛病兒!多早晚才改呢?"一語未了,只見襲人進來,見這光景,知是梳洗過了,只得回來自己梳洗。忽見寶釵走來,因問:"寶兄弟哪裏去了?"襲人冷笑道:"'寶兄弟'哪裏還有在家的工夫!"寶釵聽說,心中明白。襲人又歎道:"姐妹們和氣,也有個分寸兒,也沒個黑家白日鬧的!憑人怎麼勸,都是耳旁風。"寶釵聽了,心中暗忖道:"倒別看錯了這個丫頭,聽他說話,倒有些識見。"寶釵便在炕上坐了,慢慢的閑言中,套問他年紀家鄉等語,留神窺察其言語志量,深可敬愛。

一時寶玉來了,寶釵方出去。寶玉便問襲人道:"怎麼寶姐姐和你說的這麼熱鬧,見我進來就跑了?"問一聲不答。再問時,襲人方道:"你問我嗎?我不知道你們的原故。"寶玉聽了這話,見他臉上氣色非往日可比,便笑道:"怎麼又動了氣了呢?"襲人冷笑道:"我哪裏敢動氣呢?只是你從今別進這屋子了,橫豎有人伏侍你,再不必來支使我。我仍舊還伏侍老太太去。"一面說,一面便在炕上合眼倒下。寶玉見了這般景況,深為駭異,禁不住趕來央告。那襲人只管合着眼不理。寶玉沒了主意,因見麝月進來,便問道:"你姐姐怎麼了?"麝月道:"我知道麼?問你自己就明白了。"寶玉聽說,呆了一回,自覺無趣,便起身嘆道:"不理我罷!我也睡去。"說着,便起身下炕,到自己牀上睡下。

到晚上,眾人都在賈母前,大家娘兒們說笑時,賈母因問寶釵愛聽何戲,愛吃何物。寶釵深知賈母年老之人,喜熱鬧戲文,愛吃甜爛之物,便總依賈母素喜者說了一遍。賈母更加喜歡。

次日吃了飯，點戲時，賈母一面先叫寶釵點，寶釵推讓一遍，無法，只得點了一齣《西遊記》。賈母自是喜歡。

至上酒席時，賈母又命寶釵點，寶釵點了一齣《山門》。寶玉道："你只好點這些戲。"寶釵道："你白聽了這幾年戲，哪裏知道這齣戲，排場詞藻都好呢。"寶玉道："我從來怕這些熱鬧戲。"寶釵笑道："要說這一齣'熱鬧'，你更不知戲了！你過來，我告訴你。這一齣戲是一套《北點絳唇》，鏗鏘頓挫，那音律不用說是好了；那詞藻中，有隻《寄生草》，極妙，你何曾知道！"寶玉見說的這般好，便湊近來央告："好姐姐，念給我聽聽。"寶釵便念給他聽道：

> 漫搵英雄淚，相離處士家。
> 謝慈悲，剃度在蓮台下。
> 沒緣法，轉眼分離乍。
> 赤條條，來去無牽掛。
> 哪裏討，煙蓑雨笠卷單行？
> 一任俺，芒鞋破鉢隨緣化！

寶玉聽了，喜的拍膝搖頭，稱賞不已，又讚寶釵無書不知。黛玉把嘴一撇道："安靜些看戲罷！還沒唱《山門》，你就'裝瘋了'。"說的湘雲也笑了。

賈母深愛那做小旦的和那做小丑的，因命人帶進來，細看時，益發可憐見的。因問他年紀，那小旦才十一歲，小丑才九歲，大家歎息了一回。賈母令人另拿些肉果給他兩個，又另賞錢。鳳姐笑道："這個孩子扮上活像一個人，你們再瞧不出來。"寶釵心內也知道，卻點頭不說。寶玉也點了點頭兒不敢說。湘雲便接口道："我知道，是像林姐姐的模樣兒。"寶玉聽了，忙把湘雲瞅了一眼。眾人聽了這話，留神細看，都笑起來了，說：“果然像他！”一時散了。

晚間，湘雲便命翠縷把衣包收拾了，翠縷道：“忙甚麼？等去的時候包也不遲。”湘雲道：“明早就走，還在這裏做甚麼？看人家的臉子！”寶玉聽了這話，忙近前說道：“好妹妹，你錯怪了我。林妹妹是個多心的人。別人分明知道，不肯說出來，也皆因怕他惱。誰知你不防頭就說出來了，他豈不惱呢？我怕你得罪了人，所以才使眼色。你這會子惱了我，豈不辜負了我？要是別人，哪怕他得罪了人，與我何干呢？”

湘雲摔手道：“你那花言巧語，別望着我說。我原不及你林妹妹。別人拿他取笑兒都使得，我說了就有不是。我本也不配和他說話：他是主子姑娘，我是奴才丫頭麼！”寶玉急的說道：“我倒是為你為出不是來了。我要有壞心，立刻化成灰，教萬人拿腳踹！”湘雲道：“大正月裏，少信着嘴胡說這些沒

要緊的歪話！你要説，你説給那些小性兒、行動愛惱人、會轄治你的人聽去！別叫我啐你。"説着，進賈母裏間屋裏，氣忿忿的躺着去了。

寶玉沒趣，只得又來找黛玉。誰知才進門，便被黛玉推出來了，將門關上。寶玉又不解何故，在窗外只是低聲叫："好妹妹，好妹妹！"黛玉總不理他。寶玉悶悶的垂頭不語。紫鵑卻知端底，當此時，料不能勸。

那寶玉只呆呆的站着。黛玉只當他回去了，卻開了門，只見寶玉還站在那裏。黛玉不好再閉門，寶玉因跟進來，問道："凡事都有個原故，説出來人也不委屈。好好的就惱，到底為甚麼起呢？"黛玉冷笑道："問我呢！我也不知為甚麼。我原是給你們取笑兒的，拿着我比戲子，給眾人取笑兒！"寶玉道："我並沒有比你，也並沒有笑你，為甚麼惱我呢？"黛玉道："你

還要比！你還要笑！你不比不笑，比人家比了笑了的還利害呢！"寶玉聽說，無可分辯。

黛玉又道："這還可恕。你為甚麼又和雲兒使眼色兒？這安的是甚麼心？莫不是他和我玩，他就自輕自賤了？他是公侯的小姐，我原是民間的丫頭。他和我玩，設如我回了口，那不是他自惹輕賤？你是這個主意不是？你卻也是好心，只是那一個不領你的情，一般也惱了。你又拿我作情，倒說我'小性兒、行動肯惱人'。你又怕他得罪了我，我惱他與你何干？他得罪了我又與你何干呢？"

寶玉聽了，方知才和湘雲私談，他也聽見了。細想自己原為怕他二人惱了，故在中間調停，不料自己反落了兩處的數落，正合着前日所看《南華經》內："巧者勞而智者憂，無能者無所求，蔬食而遨遊，泛若不繫之舟。"又曰："山木自寇，源泉自盜"等句，因此愈想愈無趣。再細想來："如今不過這幾個人，尚不能應酬妥協，將來猶欲何為？"想到其間，也不分辯，自己轉身回房。黛玉見他去了，便知回思無趣，賭氣去的，一言也不發，不禁自己愈添了氣，便說："這一去，一輩子也別來了，也別說話！"

那寶玉不理，竟回來，躺在牀上，只是悶悶的。襲人雖深知原委，不敢就說，只得以別事來解說，因笑道："今兒聽了戲，又勾出幾天戲來。寶姑娘一定要還席的。"寶玉冷笑道："他還不還，與我甚麼相干？"襲人見這話不似往日，因又笑道："這是怎麼說呢？好好兒的大正月裏，娘兒們姐兒們都喜喜歡歡的，你又怎麼這個樣兒了？"寶玉冷笑道："他們娘兒們姐兒們喜歡不喜歡，也與我無干。"襲人笑道："大家隨和兒，你也隨點和兒不好？"寶玉道："甚麼'大家彼此'？他們有'大家彼此'，我只是赤條條無牽掛的！"說到這句，不覺淚下。翻身站起來，至案邊，提筆立占一偈云：

> 你證我證，心證意證。
>
> 是無有證，斯可云證。
>
> 無可云證，是立足境。

寫畢，自己雖解悟，又恐人看了不解，因又填一隻《寄生草》，寫在偈後。又念了一遍，自覺心中無有掛礙，便上牀睡了。

誰知黛玉見寶玉此番果斷而去，假以尋襲人為由，來看動靜。襲人回道："已經睡了。"黛玉聽了，就欲回去，襲人笑道："姑娘請站着，有一個字帖兒，瞧瞧寫的是甚麼話。"便將寶玉方才所寫的拿給黛玉看。黛玉看了，知是寶玉為一時感忿而作，不覺又可笑又可歎。便向襲人道："作的是個玩意兒，無甚關係的。"說畢，便拿了回房去。次日，和寶釵、湘雲同看，寶釵念其詞曰：

> 無我原非你，從他不解伊。肆行無礙憑來去。茫茫着甚悲愁喜？紛紛說甚親疏密？從前碌碌卻因何？到如今，回頭試想真無趣！

看畢，又看那偈語，因笑道："這是我的不是了。我昨兒一支曲子，把他這個話惹出來。這些道書機鋒，最能移性的，明兒認真說起這些瘋話，存了這個念頭，豈不是從我這支曲子起的呢？我成了個罪魁了！"說着，便撕了個粉碎，遞給丫頭們，叫："快燒了。"黛玉笑道："不該撕了，等我問他，你們跟我來，包管叫他收了這個痴心。"

三人說着，過來見了寶玉。黛玉先笑道："寶玉，我問你，至貴者'寶'，至堅者'玉'。爾有何貴？爾有何堅？"寶玉竟不能答。二人笑道："這樣愚鈍，還參禪呢！"湘雲也拍手笑道：“寶哥哥可輸了！”黛玉又道：“你道‘無可云證，是立足境’，固然好了，只是據我看來，還未盡善。我還續兩句云：‘無立足境，方是乾淨。’”寶釵道：“實在這方悟徹。當日南宗六祖惠能初尋師至韶州，聞五祖宏忍在黃梅，他便充作火頭僧。五祖欲求法嗣，令諸僧各出一偈，上座神秀説道：‘身是菩提樹，心如明鏡台；時時勤拂拭，莫使有塵埃。’惠能在廚房舂米，聽了道：‘美則美矣，了則未了。’因自念一偈曰：‘菩提本非樹，明鏡亦非台；本來無一物，何處染塵埃？’五祖便將衣缽傳給了他。今兒這偈語亦同此意了。只是方才這句機鋒，尚未完全了結，這便丟開手不成？”黛玉笑道：“他不能答就算輸了，這會子答上了也不為出奇。只是以後再不許談禪了。連我們兩個人所知所能的，你還不知不能呢，還去參甚麼禪呢！”寶玉自己以為覺悟，不想忽被黛玉一問，便不能答；寶釵又比出“語錄”來，此皆素不見他們所能的。自己想了一想：“原來他們比我的知覺在先，尚未解悟，我如今何必自尋苦惱。”想畢，便笑道：“誰又參禪，不過是一時的玩話兒罷了。”說罷，四人仍復如舊。

第三篇　寶黛讀曲警芳心

　　那元妃自幸大觀園回宮去後，便命將那日所有的題詠，命探春抄錄妥協，編成《大觀園題詠》，又令在大觀園勒石，為千古風流雅事。忽然想起那園中的景致，自從幸過之後，賈政必定敬謹封鎖，不叫人進去，豈不辜負此園？況家中現有幾個能詩會賦的姊妹們，何不命他們進去居住，也不使佳人落魄，花柳無顏。卻又想寶玉自幼在姊妹叢中長大，不比別的兄弟，若不命他進去，又怕冷落了他，恐賈母、王夫人心上不喜，須得也命他進去居住方妥。命太監夏忠到榮府下一道諭："命寶釵等在園中居住，不可封錮；命寶玉也隨進去讀書。"

　　賈政、王夫人接了諭命，夏忠去後，便回明賈母，遣人進去各處收拾打掃，安設簾幔牀帳。別人聽了，還猶自可，惟寶玉喜之不勝。正和賈母盤算，要這個，要那個，忽見丫鬟來説："老爺叫寶玉。"寶玉呆了半晌，登時掃了興，臉上轉了色，便拉着賈母，扭的扭股兒糖似的，死也不敢去。賈母只得安慰他道："好寶貝，你只管去，有我呢。他不敢委屈了你。況你做了這篇好文章，想必娘娘叫你進園去住，他吩咐你幾句話，不過是怕你在裏頭淘氣。他説甚麼，你只好生答應着就是了。"一面安慰，一面喚了兩個老嬤嬤來，吩咐："好生帶了寶玉去，別叫他老子唬着他。"老嬤嬤答應了。

　　原來賈政和王夫人都在裏間呢。趙姨娘打起簾子來，寶玉挨身而入，只見賈政和王夫人對坐在炕上説話兒，地下一溜椅子，迎春、探春、惜春、賈環四人都坐在那裏。一見他進來，探春、惜春和賈環都站起來。

　　賈政一舉目見寶玉站在跟前，神彩飄逸，秀色奪人；又看看賈環人物委瑣，舉止粗糙；忽又想起賈珠來，再看看王夫人只有這一個親生的兒子，素愛如珍，自己的鬍鬚將已蒼白。因此上，把平日嫌惡寶玉之心，不覺減了八九分。半晌說道："娘娘吩咐說，你日日在外遊嬉，漸次疏懶了工課，如今叫禁管你和姐妹們在園裏讀書，你可好生用心學習。再不守分安常，你可仔細着！"

寶玉連連答應了幾個"是"。王夫人便拉他在身邊坐下。他姊弟三人依舊坐下，王夫人摸索着寶玉的脖項說道："前兒的丸藥都吃完了沒有？"寶玉答應道："還有一丸。"王夫人道："明兒再取十丸來，天天臨睡時候，叫襲人伏侍你吃了再睡。"寶玉道："從太太吩咐了，襲人天天臨睡打發我吃的。"

賈政便問道："誰叫'襲人'？"王夫人道："是個丫頭。"賈政道："丫頭不拘叫個甚麼罷了，是誰起這樣刁鑽名字？"王夫人見賈政不喜歡了，便替寶玉掩飾道："是老太太起的。"賈政道："老太太如何曉得這樣的話？一定是寶玉。"寶玉見瞞不過，只得起身回道："因素日讀詩，曾記古人有句詩云：'花氣襲人知晝暖'，因這丫頭姓'花'，便隨意起的。"王夫人忙向寶玉說道："你回去改了罷。老爺也不用為這小事生氣。"賈政道："其實也無妨礙，不用改。只可見寶玉不務正，專在這些濃詞艷詩上做工夫。"說畢，斷喝了一聲："作孽的畜生，還不出去！"王夫人也忙道："去罷，去罷！怕老太太等吃飯呢。"

寶玉答應了，慢慢的退出去，向金釧兒笑着伸伸舌頭，帶着兩個老嬤嬤，一溜煙去了。剛至穿堂門前，只見襲人倚門而立，見寶玉平安回來，堆下笑來，問道："叫你做甚麼？"寶玉告訴："沒有甚麼，不過怕我進園淘氣，吩咐吩咐。"一面說，一面回至賈母跟前，回明原委。只見黛玉正在那裏，寶玉便問他："你住在哪一處好？"黛玉正盤算這事，忽見寶玉一問，便笑道："我心裏想着瀟湘館好。我愛那幾竿竹子，隱着一道

精選

紅樓夢

寶黛讀曲警芳心

曲欄，比別處幽靜些。"寶玉聽了，拍手笑道："合了我的主意了！我也要叫你那裏住。我就住怡紅院。咱們兩個又近，又都清幽。"

二人正計議着，賈政遣人來回賈母，說是："二月二十二日是好日子，哥兒姐兒們就搬進去罷。這幾日便遣人進去分派收拾。"寶釵住了蘅蕪院，黛玉住了瀟湘館，迎春住了綴錦樓，探春住了秋掩書齋，惜春住了蓼風軒，李紈住了稻香村，寶玉住了怡紅院。每一處添兩個老嬤嬤，四個丫頭；除各人的奶娘親隨丫頭外，另有專管收拾打掃的。至二十二日，一齊進去，登時園內花招繡帶，柳拂香風，不似前番那等寂寞了。

閑言少敘，且說寶玉自進園來，心滿意足，再無別項可生貪求之心，每日只和姊妹丫鬟們一處，或讀書，或寫字，或彈琴下棋，作畫吟詩，以至描鸞刺鳳，鬥草簪花，低吟悄唱，拆字猜枚，無所不至，倒也十分快意。

茗煙想與他開心，左思右想，皆是寶玉玩煩了的，只有一件，不曾見過。想畢，便走到書坊內，把那古今小說，並那飛燕、合德、則天、玉環的"外傳"，與那傳奇角本，買了許多，孝敬寶玉。寶玉一看，如得珍寶。茗煙又囑咐道："不可拿進園去，叫人知道了，我就'吃不了兜着走'了。"寶玉哪裏肯不拿進去？跑躡再四，單把那文理雅道些的，揀了幾套進去，放在牀頂上，無人時方看；那粗俗過露的，都藏於外面書房內。

那日正當三月中浣（即中旬），早飯後，寶玉攜了一套《會真記》，走到沁芳閘橋那邊桃花底下一塊石上坐着，展開《會真記》，從頭細看。正看到"落紅成陣"，只見一陣風過，樹上桃花吹下一大斗來，落得滿身滿書滿地皆是花片。寶玉要抖將下來，恐怕腳步踐踏了，只得兜了那花瓣兒，來至池邊，抖在池內。那花瓣兒浮在水面，飄飄蕩蕩，竟流出沁芳閘去了。

回來只見地下還有許多花瓣，寶玉正跑躡間，只聽背後有人説道："你在這裏做甚麽？"寶玉一回頭，卻是黛玉來了，肩上擔着花鋤，花鋤上掛着紗囊，手內拿着花帚。寶玉笑道："來的正好，你把這些花瓣兒都掃起來，撂在那水裏去罷。我才撂了好些在那裏了。"黛玉道："撂在水裏不好，你看這裏的水乾淨，只一流出去，有人家的地方兒甚麽沒有？仍舊把花糟蹋了。那畸角兒上我有一個花塚，如今把他掃了，裝在這絹袋裏，埋在那裏，日久隨土化了，豈不乾淨。"

寶玉聽了，喜不自禁，笑道："待我放下書，幫你來收拾。"黛玉道："甚麽書？"寶玉見問，慌的藏了，便説道："不過是《中庸》、《大學》。"黛玉道："你又在我跟前弄鬼。趁早兒給我瞧瞧，好多着呢！"寶玉道："妹妹，要論你，我是不怕的。你看了，好歹別告訴人。真是好文章！你要看了，連飯也不想吃呢！"一面説，一面遞過去。黛玉把花具放下，接書來瞧，從頭看去，愈看愈愛，不頓飯時，已看了好幾齣了。但覺詞句警人，餘香滿口。一面看了，只管出神，心內還默默記誦。寶玉笑道："妹妹，你説好不好？"黛玉笑着點頭兒。寶玉笑道："我就是個'多愁多病的身'，你就是那'傾國傾城的貌'。"黛玉聽了，不覺帶腮連耳的通紅了，登時豎起兩道似蹙非蹙的眉，瞪了一雙似睜非睜的眼，桃腮帶怒，薄面含嗔，指着寶玉道："你這該死的，胡説了！好好兒的，把這些淫詞艷曲弄了來，説這些混賬話，欺負我。我告訴舅舅、舅母去！"説到"欺負"二字，就把眼圈兒紅了，轉身就走。

寶玉急了，忙向前攔住道："好妹妹，千萬饒我這一遭兒罷！要有心欺負你，明兒我掉在池子裏，叫個癩頭黿吃了去，變個大忘八，等你明兒做了'一品夫人'病老歸西的時候兒，我往你墳上替你駝一輩子碑去。"説的黛玉"撲嗤"的一聲笑了，一面揉着眼，一面笑道："一般唬的這麽個樣兒，還只管胡説。呸！原來也是個'銀樣蠟槍頭'！"寶玉聽了，笑道："你

“你在這裏做甚麼？”寶玉一回頭，卻是黛玉來了，
肩上擔着花鋤，花鋤上掛着紗囊，手內拿着花帚。

說說，你這個呢？我也告訴去。"黛玉笑道："你說你會'過目成誦'，難道我就不能'一目十行'了！"寶玉一面收書，一面笑道："正經快把花兒埋了罷，別提那些個了。"二人便收拾落花。

正才掩埋妥協，只見襲人走來，說道："哪裏沒找到？摸在這裏來了！那邊大老爺身上不好，姑娘們都過去請安去了，老太太叫打發你去呢。快回去換衣裳罷。"寶玉聽了，忙拿了書，別了黛玉，同襲人回房換衣不提。

這裏黛玉見寶玉去了，聽見眾姐妹也不在房中，自己悶悶的。正欲回房，剛走到梨香院牆角外，只聽見牆內笛韻悠揚，歌聲婉轉，黛玉便知是那十二個女孩子演習戲文。雖未留心去聽，偶然兩句吹到耳朵內，明明白白一字不落道："原來是姹紫嫣紅開遍，似這般，都付與斷井頹垣……"黛玉聽了，倒也十分感慨纏綿，便止步側耳細聽，又唱道是："良辰美景奈何天，賞心樂事誰家院……"聽了這兩句，不覺點頭自歎，心下自思："原來戲上也有好文章，可惜世人只知看戲，未必能領略其中的趣味。"想畢，又後悔不該胡想，耽誤了聽曲子。再聽時，恰唱到："只為你如花美眷，似水流年……"黛玉聽了這兩句，不覺心動神搖。又聽道："你在幽閨自憐……"等句，愈發如醉如癡，站立不住，便一蹲身坐在一塊山子石上，細嚼"如花美眷，似水流年"八個字的滋味。忽又想起前日見古人詩中，有"水流花謝兩無情"之句，再詞中又有"流水落花春去也，天上人間"之句，又兼方才所見《西廂記》中"花落水流紅，閑愁萬種"之句，都一時想起來，湊聚在一處。仔細忖度，不覺心痛神馳，眼中落淚。

又一日，寶玉順腳來至一個院門前，看那鳳尾森森，龍吟細細，正是瀟湘館。寶玉走至窗前，覺得一縷幽香，從碧紗窗中暗暗透出。寶玉便將臉貼在紗窗上看時，耳內忽聽得細細的長歎了一聲，道："每日家，情思睡昏昏！"寶玉聽了，不覺心內癢將起來。再看時，只見黛玉在牀上伸懶腰。寶玉在窗外笑道："為甚麼'每日家情思睡昏昏'的？"一面說，一面掀簾子進來了。

黛玉自覺忘情，不覺紅了臉，拿袖子遮了臉，翻身向裏裝睡着了。寶玉才走上來，要扳他的身子，只見黛玉的奶娘並兩個婆子卻跟進來了，說："妹妹睡覺呢，等醒來再請罷。"剛說着，黛玉便翻身坐起來，笑道："誰睡覺呢？"那兩三個婆子見黛玉起來，便笑道："我們只當姑娘睡着了。"說着，便叫紫鵑，說："姑娘醒了，進來伺候。"一面說，一面都去了。

黛玉坐在牀上，一面抬手整理鬢髮，一面笑向寶玉道："人家睡覺，你進來做甚麼？"寶玉見他星眼微餳，香腮帶赤，不覺神魂早蕩，一歪身坐在椅子上，笑道："你才說甚麼？"黛玉道："我沒說甚麼。"寶玉笑道："給你個榧子吃呢！我都聽見了。"

二人正說話，只見紫鵑進來，寶玉笑道："紫鵑，把你們的好茶沏碗我喝。"紫鵑道："我們哪裏有好的？要好的只好等襲人來。"黛玉道："別理他。你先給我舀水去罷。"紫鵑道："他是客，自然先沏了茶來再舀水去。"說着，倒茶去了。寶玉笑道："好丫頭！'若共你多情小姐同鴛帳，怎捨得叫你疊被鋪牀？'"黛玉登時急了，擱下臉來說道："你說甚麼？"寶玉笑道："我何嘗說甚麼？"黛玉便哭道："如今新興的，外頭聽了村話來，也說給我聽；看了混賬書，也拿我取笑兒。我成了替爺們解悶兒的了。"一面哭，一面下牀來，往外就走。寶玉心下慌了，忙趕上來說："好妹妹，我一時該死，你好歹別告訴去！我再敢說這些話，嘴上就長個疔，爛了舌頭。"

正說着，只見襲人走來，說道："快回去穿衣裳去罷，老爺叫你呢。"寶玉聽了，不覺打了個焦雷一般，也顧不得別的，疾忙回來穿衣服。出園來，只見焙茗在二門前等着。寶玉問道：
“你可知道老爺叫我是為甚麼？”焙茗道：“爺快出來罷，橫豎
是見去的，到那裏就知道了。”

再看時，只見黛玉在牀上伸懶腰。寶玉在窗外笑道：“為甚
麼‘每日家情思睡昏昏’的？”一面説，一面掀簾子進來了。

第四篇　黛玉葬花泣殘紅

卻說那黛玉聽見賈政叫了寶玉去了一日不回來，心中也替他憂慮。至晚飯後，聞得寶玉來了，心裏要找他問問是怎麼樣了，一步步行來，見寶釵進寶玉的園內去了，自己也隨後走了來。剛到了沁芳橋，只見各色水禽盡都在池中浴水，也認不出名色來，但見一個個文彩閃灼，好看異常，因而站住，看了一回。再往怡紅院來，門已關了，黛玉即便叩門。

誰知晴雯和碧痕二人正拌了嘴，沒好氣，忽見寶釵來了，那晴雯正把氣移在寶釵身上，偷着在院內報怨說："有事沒事，跑了來坐着，叫我們三更半夜的不得睡覺！"忽聽又有人叫門，晴雯愈發動了氣，也並不問是誰，便說道："都睡下了，明兒再來罷！"

黛玉素知丫頭們的性情，他們彼此玩耍慣了，恐怕院內的丫頭沒聽見是他的聲音，只當別的丫頭們了，所以不開門。因而又高聲說道："是我，還不開門麼？"晴雯偏偏還沒聽見，便使性子說道："憑你是誰，二爺吩咐的，一概不許放進人來呢！"

黛玉聽了這話，不覺氣怔在門外，待要高聲問他，逗起氣來，自己又回思一番："雖說是舅母家如同自己家一樣，到底是客邊。如今父母雙亡，無依無靠，現在他家依棲，若是認真慪氣，也覺沒趣。"一面想，一面又滾下淚珠來了。真是回去不是，站着不是。正沒主意，只聽裏面一陣笑語之聲，細聽一聽，竟是寶玉、寶釵二人。黛玉心中愈發動了氣，左思右想，忽然想起早起的事來："必竟是寶玉惱我告他的原故。但只我何嘗告你去了！你也不打聽打聽，就惱我到這步田地！你今兒不叫我進來，難道明兒就不見面了？"愈想愈覺傷感，便也不顧蒼苔露冷，花徑風寒，獨立牆角邊花陰之下，悲悲切切，嗚咽起來。

話說黛玉正自悲泣，忽聽院門響處，只見寶釵出來了，寶玉、襲人一行人都送出來。待要上去問着寶玉，又恐當着眾人問羞了寶玉不便，因而閃過一旁，讓寶釵去了，寶玉等進去關了門，方轉過來，尚望着門灑了幾點淚。自覺無味，轉身回來，無精打采的卸了殘妝。

紫鵑、雪雁素日知道黛玉的情性：無事悶坐，不是愁眉，便是長歎，且好端端的，不知為甚麼，常常的便自淚不乾的。先時還有人解勸，或怕他思父母，想家鄉，受委屈，用話來寬慰。誰知後來一年一月的，竟是常常如此，把這個樣兒看慣了，也都不理論了。所以也沒人去理他，由他悶坐，只管外間自便去了。

那黛玉倚着牀欄杆，兩手抱着膝，眼睛含着淚，好似木雕泥塑的一般，直坐到二更多天，方才睡了。一宿無話。

至次日乃是四月二十六日，原來這日未時交芒種節。尚古風俗：凡交芒種節的這日，都要設擺各色禮物，祭餞花神，芒種一過，便是夏日了，眾花皆卸，花神退位，須要餞行。閨中更興這件風俗，所以大觀園中之人，都早起來了，那些女孩子們，或用花瓣柳枝編成轎馬的，或用綾綿紗羅疊成干旄旌幢的，都用彩線繫了。每一棵樹頭，每一枝花上，都繫了這些物事。滿園裏繡帶飄颻，花枝招展。且說寶釵、迎春、探春、惜春、李紈、鳳姐等並大姐兒、香菱與眾丫鬟們，都在園裏玩耍，獨不見黛玉，迎春因說道："林妹妹怎麼不見？好個懶丫頭！這會子難道還睡覺不成？"寶釵道："你們等着，等我去鬧了他來。"說着，便撇下眾人，一直往瀟湘館來。正走着，只見文官等十二個女孩子也來了，上來問了好，說了一回閒話兒，才走開。寶釵回身指道："他們都在那裏呢，你們找他們去；

我找林姑娘去，就來。"說着，迤邐往瀟湘館來。忽然抬頭見寶玉進去了，寶釵便站住，低頭想了一想："寶玉和黛玉是從小兒一處長大的，他兄妹間多有不避嫌疑之處，嘲笑不忌，喜怒無常；況且黛玉素多猜忌，好弄小性兒，此刻自己也跟進去，一則寶玉不便，二則黛玉嫌疑，倒是回來的妙。"想畢，抽身回來。

剛要尋別的姊妹去，忽見面前一雙玉色蝴蝶，大如團扇，一上一下，迎風翩躚，十分有趣。寶釵意欲撲了來玩耍，遂向袖中取出扇子來，向草地下來撲；只見那一雙蝴蝶，忽起忽落，來來往往，將欲過河去了。引的寶釵躡手躡腳的，一直跟到池邊滴翠亭上，香汗淋漓，嬌喘細細。寶釵也無心撲了，剛欲回來，只聽那亭裏邊嘁嘁喳喳有人說話。原來這亭子四面俱是遊廊曲欄，蓋在池中水上，四面雕鏤槅子，糊着紙。

寶釵在亭外聽見說話，便煞住腳，往裏細聽，只聽說道："你瞧這絹子果然是你丟的那一塊，你就拿着；要不是，就還芸二爺去。"又有一個說："可不是我那塊！拿來給我罷。"又聽道："你拿甚麼謝我呢？難道白找了來不成？"又答道："我已經許了謝你，自然是不哄你的。"又聽說道："我找了來給你，自然謝我；但只是那揀的人，你就不謝他麼？"那一個又說道："你別胡說。他是個爺們家，揀了我們的東西，自然該還的；叫我拿甚麼謝他呢？"又聽說道："你不謝他，我怎麼回他呢？況且他再三再四的和我說了，若沒謝的，不許我給你呢。"半晌，又聽說道："也罷，拿我這個給他，算謝他的罷。你要告訴別人呢？須得起個誓。"又聽說道："我要告訴人，嘴上就長一個疔，日後不得好死！"又聽說道："噯喲！咱們只顧說，看仔細有人來悄悄的在外頭聽見！不如把這槅子都推開了，就是人見咱們在這裏，他們只當我們說玩話兒呢。走到跟前，咱們也看的見，就別說了。"

寶釵外面聽見這話，心中吃驚，想道：「怪道從古至今那些姦淫狗盜的人，心機都不錯！這一開了，見我在這裏，他們豈不臊了？況且說話的語音，大似寶玉房裏的小紅。他素昔眼空心大，是個頭等刁鑽古怪的丫頭，今兒我聽了他的短兒，『人急造反，狗急跳牆』，不但生事，而且我還沒趣。如今便趕着躲了，料也躲不及，少不得要使個『金蟬脫殼』的法子——」猶未想完，只聽「咯吱」一聲，寶釵便故意放重了腳步，笑着叫道：「顰兒！我看你往哪裏藏！」一面說一面故意往前趕。

那亭內的小紅墜兒剛一推窗，只聽寶釵如此說着往前趕，兩個人都唬怔了。寶釵反向他二人笑道：「你們把林姑娘藏在哪裏了？」墜兒道：「何曾見林姑娘了？」寶釵道：「我才在河那邊看着林姑娘在這裏蹲着弄水兒呢。我要悄悄的唬他一跳，還沒有走到跟前，他倒看見我了，朝東一繞，就不見了。別是藏在裏頭了？」一面說，一面故意進去，尋了一尋，抽身就走，口內說道：「一定又鑽在山子洞裏去了。遇見蛇，咬一口也罷了！」一面說，一面走，心中又好笑：「這件事算遮過去了。不知他二人怎麼樣？」

誰知小紅聽了寶釵的話，便信以為真，讓寶釵去遠，便拉墜兒道：「了不得了！林姑娘蹲在這裏，一定聽了話去了！」墜兒聽了，也半日不言語。小紅又道：「這可怎麼樣呢？」墜兒道：「聽見了，管誰筋疼！各人幹各人的就完了。」小紅道：「要是寶姑娘聽見還罷了；那林姑娘嘴裏又愛刻薄人，心裏又細，他一聽見了，倘或走露了，怎麼樣呢？」

二人正說着，只見香菱、臻兒、司棋、侍書等上亭子來了。二人只得掩住這話，且和他們玩耍去了。

如今且說黛玉因夜間失寐，次日起來遲了，聞得眾姐妹都在園中做餞花會，恐人笑他癡懶，連忙梳洗了出來。剛到了院中，只見寶玉進門來了便笑道：「好妹妹，你昨兒告了我了沒

寶釵便故意放重了腳步，笑着叫道：“顰兒！
我看你往哪裏藏！”一面説一面故意往前趕。

有？叫我懸了一夜的心。"黛玉便回頭叫紫鵑："把屋子收拾了，下一扇紗屜子；看那大燕子回來，把簾子放下來，拿獅子倚住；燒了香，就把爐罩上。"一面說，一面又往外走。

寶玉見他這樣，還認作是昨日晌午的事，哪知晚間的這件公案？還打恭作揖的。黛玉正眼兒也不看，各自出了院門，一直找別的姐妹去了。寶玉心中納悶，自己猜疑："看起這樣光景來，不像是為昨兒的事。但只昨日我回來的晚了，又沒有見他，再沒有衝撞他的去處兒了。"一面想，一面由不得隨後跟了來。

只見寶釵、探春正在那邊看鶴舞，見黛玉來了，三個一同站着說話兒。又見寶玉來了，探春便笑道："寶哥哥，身上好？我整整的三天沒見你了。"寶玉笑道："妹妹身上好？我前兒還在大嫂子跟前問你呢。"探春道："寶哥哥，你往這裏來，我和你說話。"寶玉聽說，便跟了他，離了釵、玉兩個，到了一棵石榴樹下。探春因說道："這幾天，老爺沒叫你嗎？"寶玉笑道："沒有叫。"探春道："昨兒我恍惚聽見說，老爺叫你出去來着。"寶玉笑道："那想是別人聽錯了，並沒叫我。"探春又笑道："你揀那有意思兒又不俗氣的東西，你多替我帶幾件來，我還像上回的鞋做一雙你穿，比那雙還加工夫，如何呢？"

寶玉笑道："妹妹要這些小玩意兒，我一定留心，不過，你提起鞋來，我想起故事來了：一回穿着，可巧遇見了老爺，老爺就不受用，問：'是誰做的？'我哪裏敢提三妹妹？我就回說，是前兒我的生日舅母給的。老爺聽了是舅母給的，才不好說甚麼了。半日還說：'何苦來！虛耗人力，作踐綾羅，做這樣的東西。'我回來告訴了襲人，襲人說：'這還罷了，趙姨娘氣的抱怨的了不得：正經親兄弟，鞋塌拉襪塌拉的，沒人看見；且做這些東西！'"

探春聽說，登時沉下臉來道："你說，這話糊塗到甚麼田地！怎麼我是該做鞋的人麼？環兒難道沒有分例的？衣裳是衣裳，鞋襪是鞋襪，丫頭老婆一屋子，怎麼抱怨這些話？給誰聽呢！我不過閑着沒事作一雙半雙，愛給那個哥哥兄弟，隨我的心。誰敢管我不成？這也是他瞎氣。"正說着，只見寶釵那邊笑道："說完了，來罷。顯見的是哥哥妹妹了，撂下別人，且說體己去。我們聽一句兒就使不得了？"說着，探春、寶玉二人方笑着來了。

寶玉因不見了黛玉，便知是他躲了別處去了。想了一想："索性遲兩日，等他的氣息一息再去也罷了。"因低頭看見許多鳳仙石榴等各色落花，錦重重的落了一地，因歎道："這是他心裏生了氣，也不收拾這花兒來了。等我送了去，明兒再問着他。"說着，只見寶釵約着他們往後頭去。寶玉道："我就來。"等他二人去遠，把那花兒兜起來，登山渡水，過樹穿花，一直奔了那日和黛玉葬桃花的去處。

將已到了花塚，猶未轉過山坡，只聽那邊有嗚咽之聲，一面數落着，哭的好不傷心。寶玉心下想道："這不知是那屋裏的丫頭，受了委屈，跑到這個地方來哭？"一面想，一面煞住腳步，聽他哭道是：

花謝花飛飛滿天，紅消香斷有誰憐？
游絲軟繫飄春榭，落絮輕沾撲繡簾。
閨中女兒惜春暮，愁緒滿懷無着處；
手把花鋤出繡簾，忍踏落花來復去？
柳絲榆莢自芳菲，不管桃飄與李飛；
桃李明年能再發，明年閨中知有誰？
三月香巢初壘成，梁間燕子太無情！
明年花發雖可啄，卻不道人去梁空巢已傾。
一年三百六十日，風刀霜劍嚴相逼；

明媚鮮妍能幾時，一朝飄泊難尋覓。
花開易見落難尋，階前愁煞葬花人；
獨把花鋤偷灑淚，灑上空枝見血痕。
杜鵑無語正黃昏，荷鋤歸去掩重門；
青燈照壁人初睡，冷雨敲窗被未溫。
怪儂底事倍傷神？半為憐春半惱春：
憐春忽至惱忽去，至又無言去不聞。
昨宵庭外悲歌發，知是花魂與鳥魂？
花魂鳥魂總難留，鳥自無言花自羞；
願儂此日生雙翼，隨花飛到天盡頭。
天盡頭！何處有香丘？
未若錦囊收艷骨，一抔淨土掩風流；
質本潔來還潔去，不教污淖陷渠溝。
爾今死去儂收葬，未卜儂身何日喪？
儂今葬花人笑癡，他年葬儂知是誰？
試看春殘花漸落，便是紅顏老死時，
一朝春盡紅顏老，花落人亡兩不知！

　　正是一面低吟，一面哽咽，那邊哭的自己傷
心，卻不道這邊聽的早已癡倒了。

　　話說林黛玉只因昨夜晴雯不開門一
事，錯疑在寶玉身上。次日又可巧遇見餞花
之期，正在一腔無明正未發洩，又勾起傷春
愁思，因把些殘花落瓣去掩埋，由不得感
花傷己，哭了幾聲，便隨口念了幾句。不
想寶玉在山坡上聽見，先不過點頭感歎；次
又聽到“儂今葬花人笑癡，他年葬儂知是誰？
……一朝春盡紅顏老，花落人亡兩不知”等句，

不覺慟倒山坡上，懷裏兜的落花撒了一地。試想林黛玉的花顏月貌，將來亦到無可尋覓之時，寧不心碎腸斷！既黛玉終歸無可尋覓之時，推之於他人，如寶釵、香菱、襲人等，亦可以到無可尋覓之時矣。寶釵等終歸無可尋覓之時，則自己又安在呢？且自身尚不知何在何往，將來斯處、斯園、斯花、斯柳，又不知當屬誰姓？

　　——因此一而二，二而三，反覆推求了去，真不知此時此際，如何解釋這段悲傷！

> 抬頭一看，見是寶玉，黛玉便啐道："呸！我打量是誰，原來是這個狠心短命的……"剛說到"短命"二字，又把口掩住，長歎一聲，自己抽身便走。

那黛玉正自傷感，忽聽山坡上也有悲聲，心下想道："人人都笑我有癡病，難道還有一個癡的不成？"抬頭一看，見是寶玉，黛玉便啐道："呸！我打量是誰，原來是這個狠心短命的……"剛說到"短命"二字，又把口掩住，長歎一聲，自己抽身便走。

這裏寶玉悲慟了一回，見黛玉去了，便知黛玉看見他，躲開了。自己也覺無味，抖抖土起來，下山尋歸舊路，往怡紅院來。可巧看見黛玉在前頭走，連忙趕上去，說道："你且站着。我知道你不理我；我只說一句話，從今以後，撂開手。"黛玉回頭見是寶玉，待要不理他，聽他說"只說一句話"，便道："請說。"寶玉笑道："兩句話，說了你聽不聽呢？"黛玉聽說，回頭就走。寶玉在身後面歎道："既有今日，何必當初？"

黛玉聽見這話，由不得站住，回頭道："當初怎麼樣？今日怎麼樣？"寶玉道："噯！當初姑娘來了，那不是我陪着玩笑？憑我心愛的，姑娘要，就拿去；我愛吃的，聽見姑娘也愛吃，連忙收拾的乾乾淨淨收着，等着姑娘回來。一個桌子上吃飯，一個牀兒上睡覺。丫頭們想不到的，我怕姑娘生氣，替丫頭們都想到了。我想着：姊妹們從小兒長大，親也罷，熱也罷，和氣到了兒，才見得比別人好。如今誰承望姑娘人大心大，不把我放在眼裏，三日不理、四日不見的，倒把外四路兒的甚麼'寶姐姐'、'鳳姐姐'的放在心坎兒上。我又沒個親兄弟、親妹妹，——雖然有兩個，你難道不知道是我隔母的？我也和你是獨出，只怕你和我的心一樣，誰知我是白操了這一番心，有冤無處

訴！"説着，不覺哭起來。

那時黛玉耳內聽了這話，眼內見了這光景，心內不覺灰了大半，也不覺滴下淚來，低頭不語。寶玉見這般形象，遂又説道："我也知道，我如今不好了；但只任憑我怎麼不好，萬不敢在妹妹跟前有錯處。就有一二分錯處，你或是教導我，戒我下次，或罵我幾句，打我幾下，我都不灰心。誰知你總不理我，叫我摸不着頭腦兒，少魂失魄，不知怎麼樣才好。就是死了，也是個'屈死鬼'。任憑高僧高道懺悔，也不能超生；還得你説明了原故，我才得託生呢！"

黛玉聽了這話，不覺將昨晚的事都忘在九霄雲外了，便説道："你既這麼説，為甚麼我去了，你不叫丫頭開門呢！"寶玉詫異道："這話從哪裏説起？我要是這麼着，立刻就死了！"黛玉啐道："大清早起'死'呀'活'的，也不忌諱！你説有呢就有，沒有就沒有，起甚麼誓呢！"寶玉道："實在沒有見你去，就是寶姐姐坐了一坐，就出來了。"

黛玉想了一想，笑道："是了：必是丫頭們懶怠動，喪聲歪氣的，也是有的。"寶玉道："想必是這個原故。等我回去問了是誰，教訓教訓他們就好了。"黛玉道："你的那些姑娘們，也該教訓教訓。只是論理我不該説。今兒得罪了我的事小，倘或明兒'寶姑娘'來，甚麼'貝姑娘'來，也得罪了，事情可就大了。"説着説着，抿着嘴兒笑。寶玉聽了，又是咬牙，又是笑。

二人正説着話，見丫頭來請吃飯，遂都往前頭去了。

第五篇　寶黛情重生糾葛

寶玉回房後問襲人"昨日可有甚麼事情？"襲人便回説："昨兒貴妃打發夏太監出來送了一百二十兩銀子，叫在清虛觀初一到初三打三天平安醮，唱戲獻供，叫珍大爺領着眾位爺們跪香拜佛呢。還有端午兒的節禮也賞了。"説着，命小丫頭來，將昨日的所賜之物取出來：卻是上等宮扇兩柄，紅麝香珠二串，鳳尾羅二端，芙蓉簟一領。

寶玉見了，喜不自勝，問："別人的也都是這個嗎？"襲人道："老太太多着一個香玉如意，一個瑪瑙枕。你的和寶姑娘的一樣。林姑娘和二姑娘、三姑娘、四姑娘只單有扇子和數珠兒，別的都沒有。"寶玉聽了，笑道："這是怎麼個原故？怎麼林姑娘的倒不和我的一樣，倒是寶姐姐的和我一樣？別是傳錯了罷？"襲人道："昨兒拿出來，都是一分一分的寫着籤子，怎麼會錯了呢！你的是在老太太屋裏，我去拿了來了的。老太太説了：明兒叫你一個五更天進去謝恩呢。"寶玉道："自然要走一趟。"説着，便叫了紫鵑來："拿了這個到你們姑娘那裏去，就説是昨兒我得的，愛甚麼留下甚麼。"紫鵑答應了，拿了去。不一時回來，説："姑娘説了，昨兒也得了，二爺留着罷。"

寶玉聽説，便命人收了。剛洗了臉出來要往賈母那裏請安去，只見黛玉頂頭來了，寶玉趕上去笑道："我的東西叫你揀，你怎麼不揀？"黛玉昨日所惱寶玉的心事，早又丟開，只顧今日的事了，因説道："我沒這麼大福氣禁受，比不得寶姑娘，甚麼'金'那'玉'的！我們不過是個草木人兒罷了！"

寶玉聽他提出"金玉"二字來，不覺心裏疑猜，便説道：

"除了別人說甚麼'金'甚麼'玉'。我心裏要有這個想頭，天誅地滅，萬世不得人身！"黛玉聽他這話，便知他心裏動了疑了，忙又笑道："好沒意思，白白的起甚麼誓呢？誰管你甚麼'金'甚麼'玉'的！"寶玉道："我心裏的事也難對你說，日後自然明白。除了老太太、老爺、太太這三個人，第四個就是妹妹了。有第五個人，我也起個誓。"黛玉道："你也不用起誓，我很知道，你心裏有'妹妹'，但只是見了'姐姐'，就把'妹妹'忘了。"寶玉道："那是你多心，我再不是這麼樣的。"正說着，只見寶釵從那邊來了，二人便走開了。寶釵分明看見，只裝沒看見，低頭過去了。到了王夫人那裏，坐了一回，然後到了賈母這邊，只見寶玉也在這裏呢。寶釵因往日母親對王夫人曾提過"金鎖是個和尚給的，等日後有玉的方可結為婚姻"等語，所以總遠着寶玉。昨日見元春所賜的東西，獨他和寶玉一樣，心裏愈發沒意思起來。幸虧寶玉被一個黛玉纏綿住了，心心念念只惦記着黛玉，並不理論這事。此刻忽見寶玉笑道："寶姐姐，我瞧瞧你的那香串子呢？"可巧寶釵左腕上籠着一串，見寶玉問他，少不得褪了下來。寶釵褪下串子來給他，他也忘了接。

　　寶釵見他呆呆的，自己倒不好意思的，起來扔下串子，回身才要走，只見黛玉蹬着門檻子，嘴裏咬着絹子笑呢。寶釵道："你又禁不得風吹，怎麼又站在那風口裏？"黛玉笑道："何曾不是在房裏來着？只因聽見天上一聲叫，出來瞧了瞧，原來是個獃雁。"寶釵道："獃雁在哪裏呢？我也瞧瞧。"黛玉道："我才出來，他就'忒兒'的一聲飛了。"

　　寶玉正自發怔，不想黛玉將手帕子扔了來，正砽在眼睛上，倒唬了一跳，問："這是誰？"黛玉搖着頭兒笑道："不敢，是我失了手。因為寶姐姐要看獃雁，我比給他看，不想失了手。"寶玉揉着眼睛，待要說甚麼，又不好說的。

　　到了初一這一日，榮國府門前車輛紛紛，人馬簇簇，那底下執事人等，聽見是貴妃做好事，賈母親去拈香，況是端陽佳節，因此凡動用的物件，一色都是齊全的，不同往日。

少時賈母等出來。賈母坐一乘八人大轎，李氏、鳳姐、薛姨媽每人一乘四人轎，寶釵、黛玉二人共坐一輛翠蓋珠纓八寶車，迎春、探春、惜春三人共坐一輛朱輪華蓋車。然後賈母的丫頭鴛鴦、鸚鵡、琥珀、珍珠，黛玉的丫頭紫鵑、雪雁、鸚哥，寶釵的丫頭鶯兒、文杏，迎春的丫頭司棋、繡橘，探春的丫頭侍書、翠墨，惜的丫頭入畫、彩屏，薛姨媽的丫頭同喜、同貴，外帶香菱、香菱的丫頭臻兒，李氏的丫頭素雲、碧月，鳳姐兒的丫頭平兒、豐兒、小紅，並王夫人的兩個丫頭金釧、彩雲，也跟了鳳姐兒來。奶子抱着大姐兒，另在一輛車上。還有幾個粗使的丫頭，連上各房的老嬤嬤奶媽子，並跟着出門的媳婦子們，黑壓壓的站了一街的車。

那街上的人見是賈府去燒香，都站在兩邊觀看。就像看那過會的一般。只見前頭的全副執事擺開，一位青年公子騎着銀鞍白馬，彩轡朱纓，在那八人轎前領着那些車轎人馬，浩浩蕩蕩，一片錦繡香煙，遮天壓地而來。卻是鴉雀無聞，只見車輪馬蹄之聲。

不多時，已到了清虛觀門口，只聽鐘鳴鼓響，早有張法官執香披衣，帶領眾道士在路旁迎接。寶玉下了馬，賈母的轎剛至山門以內，見了本境城隍土地各位泥塑聖像，便命住轎。賈珍帶領各子弟上來迎接。

且說寶玉在樓上，坐在賈母旁邊，因叫個小丫頭子，捧着方才那一盤小東西，將自己的玉帶上，用手翻弄尋撥，一件一件的挑與賈母看。賈母因看見有個赤金點翠的麒麟，便伸手拿起來，笑道：“這件東西，好像是我看見誰家的孩子也帶着一個的。”寶釵笑道：“史大妹妹有一個，比這個小些。”賈母道：“原來是雲兒有這個。”寶玉道：“他這麼往我們家去住着，我

也沒看見。"探春笑道："寶姐姐有心，不管甚麼他都記得。"
黛玉冷笑道："他在別的上頭心還有限，惟有這些人帶的東西
上，他才是留心呢。"寶釵聽說，回頭裝沒聽見。

　　寶玉聽見史湘雲有這件東西，自己便將那麒麟忙拿起來，
揣在懷裏。忽又想到怕人看見他聽是史湘雲有了、他就留着這
件，因此，手裏揣着，卻拿眼睛瞟人。只見眾人倒都不理論，
惟有黛玉瞅着他點頭兒，似有讚歎之意。寶玉心裏不覺沒意思
起來，又掏出來，瞅着黛玉訕笑道："這個東西有趣兒，我替
你拿着，到家裏穿上個穗子你帶，好不好？"黛玉將頭一扭道：
"我不稀罕。"寶玉笑道："你既不稀罕，我可就拿着了。"說
着，又揣起來。賈母看了一天戲，至下午便回來了；次日便懶

怠去。寶玉一日心中也不自在，回家來生氣。二則黛玉昨日回
家，又中了暑：因此二事，賈母便執意不去了。

　　且說寶玉因見黛玉病了，心裏放不下，飯也懶怠吃，不
時來問，只怕他有個好歹。黛玉因說道：「你只管聽你的戲去
罷；在家裏做甚麼？」寶玉因昨日張道士提親之事，心中大不
受用，今聽見黛玉如此說，心裏因想道：「別人不知道我的心，
還可恕；連他也奚落起我來。」因此心中更比往日的煩惱加了
百倍。要是別人跟前，斷不能動這肝火，只是黛玉說了這話，
倒又比往日別人說這話不同，由不得立刻沉下臉來。說道：「我
白認得你了！罷了，罷了！」黛玉聽說，冷笑了兩聲道：「你
白認得了我嗎？我哪裏能夠像人家有甚麼配的上你的呢！」寶
玉聽了，便走來，直問到臉上道：「你這麼說，是安心咒我天

精選
紅樓夢

寶黛情重生糾葛

誅地滅？”黛玉一時解不過這話來。寶玉又道：“昨兒還為這個起了誓呢，今兒你到底兒又重我一句！我就‘天誅地滅’，你又有甚麼益處呢？”黛玉一聞此言，方想起昨日的話來。今日原自己說錯了，又是急，又是愧，便抽抽搭搭的哭起來，說道：“我要安心咒你，我也‘天誅地滅’！何苦來呢！我知道昨日張道士說親，你怕攔了你的好姻緣，你心裏生氣，來拿我煞性子。”

原來寶玉自幼生成來的有一種下流癡病，況從幼時和黛玉耳鬢廝磨，心情相對，如今稍知些事，又看了些邪書僻傳，凡遠親近友之家所見的那些閨英闈秀，皆未有稍及黛玉者，所以早存一段心事，只不好說出來。故每每或喜或怒，變盡法子暗中試探。那黛玉偏生也是個有些癡病的，也每用假情試探。因你也將真心真意瞞起來，我也將真心真意瞞起來，都只用假意試探，如此“兩假相逢，終有一真”，其間瑣瑣碎碎，難保不有口角之事。

即如此刻，寶玉的心內想的是：“別人不知我的心，還可恕；難道你就不想我的心裏眼裏只有你？你不能為我解煩惱，反來拿這個話堵噎我，可見我心裏時時刻刻自有你，你心裏竟沒我了。”寶玉是這個意思，只口裏說不出來。那黛玉心裏想着：“你心裏自然有我，雖有‘金玉相對’之說，你豈是重這邪說不重人的呢？我就時常提這‘金玉’，你只管了然無聞的，方見的是待我重，無毫髮私心了。怎麼我只一提‘金玉’的事，你就着急呢？可知你心裏時時有這個‘金玉’的念頭。我一提，你怕我多心，故意兒着急，安心哄我。”

那寶玉心中又想着：“我不管怎麼樣都好，只要你隨意，我就立刻因你死了，也是情願的；你知也罷，不知也罷，只由我的心，那才是你和我近，不和我遠。”黛玉心裏又想着：“你只管你就是了；你好，我自然好。你要把自己丟開，只管周旋我，是你不叫我近你，竟叫我遠了。”

此刻，那寶玉又聽見他説“好姻緣”三個字，愈發逆了己意，心裏乾噎，口裏説不出來；便賭氣向頸上摘下“通靈玉”來，咬咬牙，狠命往地下一摔，道：“甚麼勞什子！我砸了你，就完了事了！”偏生那玉堅硬非常，摔了一下，竟文風不動。寶玉見不破，便回身找東西來砸。黛玉見他如此，早已哭起來，説道：“何苦來你砸那啞巴東西？有砸他的，不如來砸我！”

二人鬧着，紫鵑、雪雁等忙來解勸。後來見寶玉下死勁的砸那玉，忙上來奪，又奪不下來。見比往日鬧的大了，少不得去叫襲人。襲人忙趕了來，才奪下來。寶玉冷笑道：“我是砸我的東西，與你們甚麼相干！”襲人見他臉都氣黃了，眉眼都變了，從來沒氣的這麼樣，便拉着他的手，笑道：“你合妹妹拌嘴，不犯着砸他；倘或砸壞了，叫他心裏臉上怎麼過的去呢？”黛玉一行哭着，一行聽了這話，説到自己心坎兒上來，可見寶玉連襲人不如，愈發傷心大哭起來。心裏一急，方才吃的香薷飲解暑湯便承受不住，“哇”的一聲，都吐出來了。紫鵑忙上來用絹子接住，登時一口一口的，把塊絹子吐濕。雪雁忙上來捶揉。紫鵑道：“雖然生氣，姑娘到底也該保重些。才吃了藥，好些兒，這會子因和寶二爺拌嘴，又吐出來了；倘或犯了病，寶二爺怎麼心裏過的去呢？”寶玉聽了這話，説到自己心坎兒上來，可見黛玉竟還不如紫鵑呢。又見黛玉臉紅頭脹，一行啼哭，一行氣湊，一行是淚，一行是汗，不勝怯弱。寶玉見了這般，又自己後悔：“方才不該和他校證，這會子他這樣光景，我又替不了他。”心裏想着，也由不得滴下淚來了。

襲人守着寶玉，見他兩個哭的悲痛，也心酸起來；又摸着寶玉的手冰涼，要勸寶玉不哭罷，一則恐寶玉有甚麼委屈悶在心裏，二則又恐薄了黛玉：兩頭兒為難。正是女兒家的心性，不覺也流下淚來。紫鵑一面收拾了吐的藥，一面拿扇子替黛玉輕輕的搧着，見三個人都鴉雀無聲，各自哭各自的，索性也傷起心來，也拿着絹子拭淚。

　　四個人都無言對泣。還是襲人勉強笑向寶玉道：「你不看別的，你看看這玉上穿的穗子，也不該和林姑娘拌嘴呀。」黛玉聽了，也不顧病，趕來奪過去，順手抓起一把剪子來就鉸。襲人紫鵑剛要奪，已經剪了幾段。黛玉哭道：「我也是白效力，他也不稀罕，自有別人替他再穿好的去呢！」襲人忙接了玉道：「何苦來！這是我才多嘴的不是了。」寶玉向黛玉道：「你只管鉸！我橫豎不帶他，也沒甚麼。」只顧裏頭鬧，誰知那些老婆子們見黛玉大哭大吐，寶玉又砸玉，不知道要鬧到甚麼田地兒，便連忙的一齊往前頭去回了賈母、王夫人知道，好不至於連累了他們。那賈母、王夫人見他們忙忙的做一件正經事來告訴，也都不知有了甚麼原故，便一齊進園來瞧。急的襲人抱怨紫鵑：「為甚麼驚動了老太太、太太？」紫鵑又只當是襲人着人去告訴的，也抱怨襲人。

　　那賈母王夫人進來，見寶玉也無言，黛玉也無話，問起來，又沒為甚麼事，便將這禍移到襲人、紫鵑兩個人身上，說：「為甚麼你們不小心伏侍，這會子鬧起來都不管呢？」因此將二人連罵帶說，教訓了一頓。二人都沒的說，只得聽着。還是賈母帶出寶玉去了，方才平伏。

　　過了一日，乃是薛蟠生日，家裏擺酒唱戲，賈府諸人都去了。寶玉因得罪了黛玉，二人總未見面，心中正自後悔，無精打采，哪裏還有心腸去看戲？因而推病不去。黛玉不過前日中了些暑濕之氣，本無甚大病，聽見他不去，心裏想：「他是好吃酒聽戲的，今日反不去，自然是因為昨兒氣着了；再不然他見我不去，他也沒心腸去。只是昨兒千不該，萬不該，鉸了那玉上的穗子。管定他再不帶了，還得我穿了他才帶。」因而心中十分後悔。

那賈母見他兩個都生氣，只說趁今兒那邊去看戲，他兩個見了，也就完了，不想又都不去。老人家急的抱怨說："我這老冤家，是哪一世裏造下的孽障？偏偏兒的遇見了這麼兩個不懂事的小冤家兒，沒有一天不叫我操心！真真的是俗語兒說的，'不是冤家不聚頭'了。幾時我閉了眼，斷了這口氣，任憑你們兩個冤家鬧上天去，我'眼不見，心不煩'，也就罷了——偏他娘的又不嚥這口氣！"自己抱怨着，也哭起來了。

誰知這個話傳到寶玉、黛玉二人耳內，他二人竟從來沒有聽見過"不是冤家不聚頭"的這句俗話兒，如今忽然得了這句話，好似參禪的一般，都低着頭細嚼這句話的滋味兒，不覺的潸然淚下。雖然不曾會面，卻一個在瀟湘館臨風灑淚，一個在怡紅院對月長吁。正是"人居兩地，情發一心"了。

話說林黛玉自與寶玉口角後，也覺後悔，但又無去就他之理，因此日夜悶悶，如有所失。紫鵑也看出八九，便勸道："論前兒的事，竟是姑娘太浮躁了些。別人不知寶玉的脾氣，難道咱們也不知道？為那玉也不是鬧了一遭兩遭了！"黛玉啐道："呸！你倒來替人派我的不是！我怎麼浮躁了？"紫鵑笑道："好好兒的，為甚麼鉸了那穗子？不是寶玉只有三分不是，姑娘倒有七分不是？我看他素日在姑娘身上就好，皆因姑娘小性兒，常要歪派他，才這麼樣。"

黛玉欲答話，只聽院外叫門，紫鵑聽了聽，笑道："這是寶玉的聲音，想必是來賠不是來了。"黛玉聽了，說："不許開門！"紫鵑道："姑娘又不是了！這麼熱天，毒日頭地下，曬壞了他，如何使得呢！"口裏說着，便出去開門，果然是寶玉。一面讓他進來，一面笑着說道："我只當寶二爺再不上我們的門了，誰知道這會子又來了。"寶玉笑道："你們把極小的事，倒說大了。好好的，為甚麼不來？我就死了，魂也要一日來一百遭。妹妹可大好了？"紫鵑道："身上病好了，只是心裏氣還不大好。"寶玉笑道："我知道了。有甚麼氣呢！"一面說着，一面進來。只見黛玉又在牀上哭。

寶玉因便挨在牀沿上坐了，一面笑道："我知道你不惱我，但只是我不來，叫旁人看見，倒像是咱們又拌了嘴似的。要等他們來勸咱們，那時候兒，豈不咱們倒覺生分了？不如這會子，你要打要罵，憑你怎麼樣，千萬別不理我！"說着，又把"好妹妹"叫了幾十聲。

黛玉心裏原是再不理寶玉的，這會子聽見寶玉說"別叫人知道咱們拌了嘴就生分了似的"這一句話，又可見得比別人原親近，因又撐不住，便哭道："你也不用來哄我！從今以後，我也不敢親近二爺，權當我去了。"寶玉聽了笑道："你往哪裏去呢？"黛玉道："我回家去。"寶玉笑道："我跟了去。"黛玉道："我死了呢？"寶玉道："你死了，我做和尚。"黛玉一聞此言，登時把臉放下來，問道："想是你要死了！胡說的是甚麼？你們家倒有幾個親姐姐、親妹妹呢！明兒都死了，你幾個身子做和尚去呢？等我把這個話告訴別人評評理。"

55

寶玉自知說的造次了，後悔不來，登時臉上紅漲，低了頭，不敢作聲。幸而屋裏沒人。黛玉兩眼直瞪瞪的瞅了他半天，氣的"嗳"了一聲，說不出話來。見寶玉憋的臉上紫漲，便咬着牙，用指頭狠命的在他額上戳了一下子，"哼"了一聲，說道："你這個……"剛說了三個字，便又歎了一口氣，仍拿起絹子來擦眼淚。

寶玉心裏原有無限的心事，又兼說錯了話，正自後悔；又見黛玉戳他一下子，要說也說不出來，自歎自泣：因此自己也有所感，不覺掉下淚來。要用絹子揩拭，不想又忘了帶來，便用衫袖去擦。

黛玉雖然哭着，卻一眼看見他穿着簇新藕合紗衫，竟去拭淚，便一面自己拭淚，一面回身，將枕上搭的一方綃帕拿起來，向寶玉懷裏一摔，一語不發，仍掩面而泣。寶玉見他摔了帕子來，忙接住拭了淚，又挨近前些，伸手拉了他一隻手，笑道："我的五臟都揉碎了，你還只是哭。走罷，我和你到老太太那裏去罷。"黛玉將手一摔道："誰和你拉拉扯扯的！一天大似一天，還這麼涎皮賴臉的，連個理也不知道……"

一句話沒說完，只聽嚷道："好了！"寶黛兩個不防，都唬了一跳，回頭看時，只見鳳姐兒跑進來，笑道："老太太在那裏抱怨天，抱怨地，只叫我來瞧瞧你們好了沒有，我説：'不用瞧，過不了三天，他們自己就好了。'老太太罵我，説我'懶'；我來了，果然應了我的話。也沒見你們兩個！有些甚麼可拌的，三日好了，兩日惱了，愈大愈成了孩子了！有這會子拉着手哭的。昨兒為甚麼又成了'烏眼雞'似的呢？還不跟着我到老太太跟前，叫老人家也放點兒心呢。"説着，拉了黛玉就走。寶玉在後頭跟着，出了園門，到了賈母跟前，鳳姐笑道："我說他們不用人費心，自己就會好的，老祖宗不信，一定叫我去說和；趕我到那裏說和，誰知兩個人在一塊兒對賠不是呢。倒像'黃鷹抓住鷂子的腳'，兩個人都'扣了環了'！哪裏還要人去說呢？"說的滿屋裏都笑起來。

此時寶釵正在這裏，那黛玉只是一言不發，挨着賈母坐下。寶玉沒甚麼說的，便向寶釵笑道："大哥哥好日子，偏我又不好，沒有別的禮送，連個頭也不磕去。大哥哥不知道我病，倒像我推故不去似的。倘或明兒姐姐閑了，替我分辯分辯。"寶釵笑道："這也多事。你就要去，也不敢驚動，何況身上不好。弟兄們常在一處，要存這個心，倒生分了。"寶玉又笑道："姐姐知道體諒我就好了。"又道："姐姐怎麼不聽戲去？"寶釵道："我怕熱。聽了兩齣，熱的很，要走呢，客又不散；我少不得推身上不好，就躲了。"

寶玉聽説，自己由不得臉上沒意思，只得又搭訕笑道："怪不得他們拿姐姐比楊妃，原也富態些。"寶釵聽說，登時紅了臉，待要發作，又不好怎麼樣；回思了一回，臉上愈下不來，便冷笑了兩聲，說道："我倒像楊妃，只是沒個好哥哥、好兄弟可以做得楊國忠的！"

黛玉聽見寶玉奚落寶釵，心中著實得意，才要搭言，也趁勢取個笑兒，不想靚兒因找扇子，寶釵又發了兩句話，他便改口說道："寶姐姐，你聽了兩齣甚麼戲？"寶釵因見黛玉面上有得意之態，一定是聽了寶玉方才奚落之言，遂了他的心願。忽又見他問這話，便笑道："我看的是李逵罵了宋江，後來又賠不是。"寶玉便笑道："姐姐通今博古，色色都知道，怎麼連這一齣戲的名兒也不知道，就說了這麼一套。這叫做'負荊請罪'。"寶釵笑道："原來這叫'負荊請罪'！你們通今博古，才知道'負荊請罪'，我不知甚麼叫'負荊請罪'。"

一句話未說了，寶玉、黛玉二人心裏有病，聽了這話，早把臉羞紅了。鳳姐這些上雖不通，但只看他三人的形景，便知其意，也笑問道："這麼大熱的天，誰還吃生薑呢？"眾人不解，便道："沒有吃生薑的。"鳳姐故意用手摸著腮，詫異道："既沒人吃生薑，怎麼這麼辣辣的呢？"寶玉、黛玉二人聽見這話，愈發不好意思了。寶釵再欲說話，見寶玉十分羞愧，形景改變，也就不好再說，只得一笑收住。別人總沒解過他們四個人的話來，因此付之一笑。

一時寶釵、鳳姐去了，黛玉向寶玉道："你也試著比我厲害的人了。誰都像我心拙口夯的，由著人說呢！"寶玉正因寶釵多心，自己沒趣兒，又見黛玉問著他，愈發沒好氣起來。欲待要說兩句，又怕黛玉多心，說不得忍氣，無精打采，一直出來。

趣味重温（1）

一、你明白嗎？

1. 《紅樓夢》用同音或諧音字來暗示人物的命運和性格，如賈寶玉即假寶玉真頑石，賈政和賈敬即假正經。請在橫線上填寫正確答案：

   a. "原應歎息"的諧音暗示賈府中哪四位小姐的命運？

   ＿＿＿＿、＿＿＿＿、＿＿＿＿、＿＿＿＿。

   b. "恨無緣"是蘅蕪院的諧音暗示哪位人物的命運？＿＿＿＿

   c. "假不假，白玉為堂金作馬，豐年好大雪"，指的是《紅樓夢》中哪兩大家族？＿＿＿＿

2. 《紅樓夢》有四百多個人物，曹雪芹從人物的語言、態度和情感來描寫他們的形象。下列文字描寫王熙鳳、林黛玉、賈寶玉、薛寶釵、賈惜春，請把人物填寫在括號內。

   a. 兩彎似蹙非蹙罥煙眉，一雙似喜非喜含情目，態生兩靨之愁，嬌襲一身之病。淚光點點，嬌喘微微。嫻靜似嬌花照水，行動如弱柳扶風。（　）

   b. 肌膚微豐，適中身材，腮凝新荔，鼻膩鵝脂，溫柔沉默，觀之可親。（　）

   c. 面若中秋之月，色如春曉之花，鬢若刀裁，眉如墨畫，面如桃瓣，目若秋波。雖怒時而若笑，即瞋視而有情。（　）

   d. 一雙丹鳳三角眼，兩彎柳葉吊梢眉，身量苗條，體格風騷，粉面含春威不露，丹唇未啟笑先聞。（　）

   e. 勘破三春景不長，緇衣頓改昔年妝。可憐繡戶侯門女，獨臥青燈古佛旁！（　）

二、想深一層

1. 《紅樓夢》人物眾多，人與人之間的關係很複雜，你能分清下列人物之間的關係嗎？

   a. 林黛玉的父親是 _____ 他是前科的探花。他的母親是賈敏，是 _____ 的女兒 _____ 的妹妹。

   b. 賈蘭的父親是已喪亡的 _____，叔叔是 _____ 。

   c. 探春的父親是賈政，母親是 _____，他精明能幹，鳳姐病時，他和 _____ 協助管理家大業大的榮國府。

2. 用對比和映襯的手法來描寫人和事物，作者要說的話不是直接表達出來，試把作者的真實意思選出來。

   a. 黛玉初進賈府，作者不直接描寫賈府的建築和佈局，只通過黛玉的眼睛來觀察。這更能表現出賈府哪方面的特點？

   1）生活　2）建築特徵　3）等級森嚴　4）人情淡薄

   b. 黛玉還沒有見到王熙鳳，就聽見他的聲音了，"未見其形，先聞其聲"。這表明了他在賈府的地位，和甚麼性格？

   1）為人勢利　2）驕橫潑辣　3）不苟言笑　4）莽撞

   c. 寶玉和黛玉初次見面，寶玉見黛玉沒有玉，便淚流滿面地摔自己的玉。這表明了寶玉甚麼樣的性格？

   1）矯揉造作　2）率真任性　3）驕傲　4）愛計較

三、延伸思考

1. 《紅樓夢》主要以賈寶玉和林黛玉的愛情故事為主線，將眾多人物集中在室內進行描寫。《三國演義》描寫的是氣勢恢宏的戰爭場面，主要刻劃劉備和曹操的形象。閱讀時，試比較兩本小說對人物描寫的不同方法。

2. 寶釵往瀟湘館見黛玉，正巧碰見一對大蝴蝶，寶釵就想撲住。忽聽亭子裏有人説話，寶釵恐人嫌疑，故意笑着叫道："顰兒，我看你往哪裏藏！"寶釵用這個"金蟬脱殼"之計，是有意陷害黛玉？還是情急自保？作者這樣寫的用意是甚麼？

第六篇　探春改革大觀園

　　且說榮府中剛將年事忙過，鳳姐兒因年內年外操勞太過，一時不及檢點，便小月了，不能理事，天天兩三個大夫用藥。王夫人便命探春合同李紈裁處，只說過了一月，鳳姐將養好了，仍交給他。園中人多，又恐失於照管，特請了寶釵來，託他各處小心，寶釵聽說，只得答應了。

　　探春和李紈相住間壁，二人近日同事，不比往年，往來回話人等亦甚不便，故二人議定，每日早晨，皆到園門口南邊的三間小花廳上去會齊辦事；吃過早飯，於午錯方回。

　　如今他二人每日卯正至此，午正方散，凡一應執事的媳婦等來往回話的，絡繹不絕。眾人先聽見李紈獨辦，各各心中暗喜，因為李紈素日是個厚道多恩無罰的人，自然比鳳姐兒好搪塞些。便添了一個探春，都想着不過是個未出閨閣的年輕小姐，且素日也最平和恬淡，因此都不在意，比鳳姐兒前便懶怠了許多。可巧連日有王公侯伯世襲官員十幾處，皆係榮、寧非親即世交之家，或有升遷，或有黜降，或有婚喪紅白等事，王夫人賀弔迎送，應酬不暇，前邊更無人照管。他二人便一日皆在廳上起坐，寶釵便一日在上房監察，至王夫人回方散。每於夜間針線暇時，臨寢之先，坐了轎，帶領園中上夜人等，各處巡察一次。他三人如此一理，更覺比鳳姐兒當權時倒更謹慎了些。因而裏外下人，都暗中抱怨說："剛剛的倒了一個'巡海夜叉'，又添了三個'鎮山太歲'，愈發連夜裏偷着吃酒鬥牌的工夫都沒了。"

　　這日王夫人正是往錦鄉侯府去赴席，李紈與探春早已梳洗，伺候出門去後，回至廳上坐了，剛吃茶時，只見吳新登的媳婦進來回說：“趙姨娘的兄弟趙國基昨兒出了事，已回過老太太、太太，說知道了，叫回姑娘來。”說畢，便垂手旁侍，再不言語。彼時來回話者不少，都打聽他二人辦事如何：若辦得妥當，大家則安個畏懼之心；若少有嫌隙不當之處，不但不畏服，一出二門，還說出許多笑話來取笑。吳新登的媳婦心中已有主意，若是鳳姐前，他便早已獻勤，說出許多主意、又查出許多舊例來，任鳳姐揀擇施行。如今他藐視李紈老實，探春是年輕的姑娘，所以只說出這一句話來，試他二人有何主見。

探春便問李紈，李紈想了一想，便道：“前日襲人的媽死了，聽見說賞銀四十兩，這也賞他四十兩罷了。”吳新登的媳婦聽了，忙答應了個“是”，接了對牌就走。探春道：“你且回來。”吳新登家的只得回來。探春道：“你且別支銀子。我且問你：那幾年老太太屋裏的幾位老姨奶奶，也有家裏的，也有外頭的，有兩個分別。家裏的若死了人是賞多少？外頭的死了人是賞多少？你且說兩個我們聽聽。”

一問，吳新登家的便都忘了，忙陪笑回說道：“這也不是甚麼大事，賞多賞少，誰還敢爭不成？”探春笑道：“這話胡鬧。依我說，賞一百倒好。若不按理，別說你們笑話，明兒也難見你二奶奶。”吳新登家的笑道：“既這麼說，我查舊賬去；此時卻不記得。”探春笑道：“你辦事辦老了的，還不記得，倒來難我們。你素日回你二奶奶，也現查去？若有這道理，鳳姐姐還不算屬害，也就算是寬厚了。還不快找了來我瞧。再遲一日，不說你們粗心，倒像我們沒主意了。”吳新登家的滿面通紅，忙轉身出來。眾媳婦們都伸舌頭。

一時吳家的取了舊賬來，探春看時，兩個家裏的賞過皆二十四兩，兩個外頭的皆賞過四十兩。外還有兩個外頭的：一個賞過一百兩，一個賞過六十兩。這兩筆底下皆有原故：一個是隔省遷父母之柩，外賞六十兩；一個是現買葬地，外賞二十

探春笑道：“你辦事辦老了的，還不記得，倒來難我們。你素日回你二奶奶，也現查去？”

兩。探春便遞給李紈看了，探春便説："給他二十兩銀子，把這賬留下我們細看。"吳新登家的去了。

忽見趙姨娘進來，李紈探春忙讓坐，趙姨娘開口便説道："這屋裏的人，都踹下我的頭去還罷了，姑娘，你也想一想，該替我出氣才是。"一面説，一面便眼淚鼻涕哭起來。探春忙道："姨娘這話説誰？我竟不懂。誰踹姨娘的頭？説出來，我替姨娘出氣。"趙姨娘道："姑娘現踹我，我告訴誰去？"探春聽説，忙站起來説道："我並不敢。"李紈也忙站起來勸。趙姨娘道："你們請坐下，聽我説。我這屋裏熬油似的熬了這麼大年紀，又有你兄弟，這會子連襲人都不如了，我還有甚麼臉？連你也沒臉面，別説是我呀。"

精選
紅樓夢

探春改革大觀園

探春笑道："原來為這個。我説我並不敢犯法違禮。"一面便坐了，拿賬翻給趙姨娘瞧，又念給他聽；又説道："這是祖宗手裏舊規矩，人人都依着，偏我改了不成？這也不但襲人，將來環兒收了外頭的，自然也是和襲人一樣。這原不是甚麼爭大爭小的事，講不到有臉沒臉的話上。他是太太的奴才，我是按着舊規矩辦。説辦的好，領祖宗的恩典、太太的恩典；若説辦的不公，那是他糊塗不知福，也只好憑他抱怨去。依我説，太太不在家，姨娘安靜些，養神罷，何苦只要操心？太太滿心疼我，因姨娘每每生事，幾次寒心。我但凡是個男人，可以出得去，我早走了，立出一番事業來，那時自有一番道理。偏我是女孩兒家，一句多話也沒我亂説的。太太滿心裏都知道，如今因看重我，才叫我管家務。還沒有做一件好事，姨娘倒先來作踐我。倘或太太知道了，怕我為難，不叫我管，那才正經沒臉呢，連姨娘真也沒臉了！"一面説，一面抽抽搭搭的哭起來。

趙姨娘沒話答對，便説道："太太疼你，你該愈發拉扯拉扯我們。你只顧討太太的疼，就把我們忘了！"探春道："我怎麼忘了？叫我怎麼拉扯？這也問他們各人。哪一個主子不疼出力得用的人？哪一個好人用人拉扯呢？"趙姨娘氣的問道："誰叫你拉扯別人去了？你不當家，我也不來問你。你如今現在說一是一，說二是二。如今你舅舅死了，你多給了二三十兩銀子，難道太太就不依你？分明太太是好太太，都是你們尖酸刻薄，可惜太太有恩無處使。姑娘放心，這也使不着你的銀子。明日等出了閣，我還想你額外照看趙家呢！如今沒有長翎毛兒就忘了根本，只'揀高枝兒飛'去了。"

探春沒聽完，氣的臉白氣噎，愈發嗚嗚咽咽的哭起來。忽聽有人說："二奶奶打發平姑娘說話來了。"趙姨娘方把嘴止住。平兒一來時，已明白了對半；今聽這話，愈發會意。見探春有怒色，便不敢以往日喜樂之時相待，只一邊垂手默侍。

時值寶釵也從上房中來，探春等忙起身讓坐，未及開言，又有一個媳婦進來回事，因探春才哭了，便有三四個小丫鬟捧了臉盆、巾帕、靶鏡等物來。此時探春因盤膝坐在矮板榻上，那捧盆丫鬟走至跟前，便雙膝跪下，高捧臉盆；那兩個丫鬟也都在旁屈膝捧着巾帕並靶鏡脂粉之飾。

平兒見侍書不在這裏，便忙上來與探春挽袖卸鐲，又接過一條大手巾來，將探春面前衣襟掩了，探春方伸手向臉盆中盥沐。探春一面勻臉，一面向平兒冷笑道："你遲了一步，沒見還有可笑的。連吳姐姐這麼個辦老了事的也不查清楚了就來混我們。幸虧我們問他，他竟有臉說'忘了'！我說他回二奶奶事也忘了再找去？我料着你主子未必有耐性兒等他去找。"平兒笑道："他有這麼一次，包管腿上的筋早折了兩根。姑娘別信他們。那是他們瞅着大奶奶是個菩薩，姑娘又是腼腆小姐，固然是託懶來混。"說着，又向門外說道："你們只管撒野，等奶奶大安了，咱們再說。"平兒又悄悄的道："那三姑娘雖是個姑娘，你們都橫看了他。二奶奶在這些大姑子小姑子裏頭，也就只單怕他五分兒。你們這會子倒不把他放在眼裏了。"

平兒方往探春處來，見他姐妹姑嫂三人正商議些家務，說的便是年內賴大家請吃酒，他家花園中事故。見他來了，探春便命他腳踏上坐了，因說道："我想的事，不為別的，只想着我們一月所用的頭油脂粉又是二兩的事。我想咱們一月已有了二兩月銀，丫頭們又另有月錢，可不是又同剛才學裏的八兩一樣重重疊疊？這事雖小，錢有限，看起來也不妥當，你奶奶怎麼就沒想到這個呢？"

平兒笑道："這有個原故：姑娘們所用的這些東西，自然該有分例，每月每處買辦買了，令女人們交送我們收管，不過預備姑娘們使用就罷了；沒有個我們天天各人拿着錢，找人買這些去的。所以外頭買辦總領了去，按月使女人按房交給我們。至於姑娘們每月的這二兩，原不是為買這些的，為的是一時當家的奶奶太太，或不在家，或不得閒，姑娘們偶然要個錢使，省得找人去。這不過是恐怕姑娘們受委屈意思。如今我冷眼看着，各屋裏我們的姐妹都是現拿錢買這些東西的竟有了一半子。我就疑惑不是買辦脫了空，就是買的不是正經貨。"探春、李紈都笑道："你也留心看出來了。"

探春道："因此我心裏不自在，饒費了兩起錢，東西又白丟一半，不如竟把買辦的這一項每月蠲了為是。此是第一件事。第二件，年裏往賴大家去，你也去的：你看他那小園子，比咱們這個如何？"平兒笑道："還沒有咱們這一半大，樹木花草也少多着呢。"探春道："我因和他們家的女孩兒說閒話兒，他說這園子除他們帶的花兒，吃的筍菜魚蝦，一年還有人包了去，年終足有二百兩銀子剩。從那日，我才知道一個破荷葉，一根枯草根子，都是值錢的。"

寶釵笑道："你才辦了兩天事，就利慾薰心，天下沒有不可用的東西，既可用，便值錢。難為你是個聰明人，這大節目

精選
紅樓夢
探春改革大觀園

正事竟沒經歷。"探春又接說道："咱們這個園子，只算比他們的多一半，加一倍算起來，一年就有四百銀子的利息。若此時也出脫生發銀子，自然小器，不是咱們這樣人家的事。若派出兩個一定的人來，既有許多值錢的東西，任人作踐了，也似乎暴殄天物。不如在園子裏所有的老媽媽中，揀出幾個老成本分，能知園圃的，派他們收拾料理。也不必要他們交租納稅，只問他們一年可以孝敬些甚麼。一則園子有專定之人修理花木，自然一年好似一年了，也不用臨時忙亂；二則也不致作踐，白辜負了東西；三則老媽媽們也可借此小補，不枉成年家在園中辛苦；四則也可省了這些花兒匠、山子匠並打掃人等的工費：將此有餘，以補不足，未為不可。"

寶釵正在地下看壁上的字畫，聽如此說，便點頭笑道："善哉！三年之內，無饑饉矣。"李紈道："好主意。果然這麼行，太太必喜歡。省錢事小，園子有人打掃，專司其職，又許他去賣錢，使之以權，動之以利，再無不盡職的了。"

李紈說："趁今日清淨，大家商議兩件興利剔弊的事情，也不枉太太委託一場。又提這沒要緊的事做甚麼？"平兒忙道："我已明白了。姑娘說，誰好，竟一派人，就完了。"探春道："雖如此說，也須得回你奶奶一聲兒。我們這裏搜剔小利，已經不當，皆因你奶奶是個明白人，我才這樣行；若是糊塗多歪多妒的，我也不肯，倒像抓他的乖的似的。豈可不商議了行呢？"平兒笑道："這麼着，我去告訴一聲兒。"說着去了，半日方回，笑道："我說是白走一趟。這樣好事，奶奶豈有不依的。"

探春聽了，便和李紈命人將園中所有婆子的名單要來，大家參度，大概定了幾個人。又將他們一齊傳來，李紈大概告訴給他們。眾人聽了，無不願意。也有說："那片竹子單交給我，一年工夫，明年又是一片。除了家裏吃的筍，一年還可交些錢糧。"這一個說："那一片稻地交給我，一年這些玩的大小雀鳥的糧食，不必動官中錢糧，我還可以交錢糧。”

眾婆子去後，探春問寶釵："如何？"寶釵笑答道："幸於始者怠於終，善其辭者嗜其利。"探春聽了，點頭稱讚，便向冊上指出幾個來與他三人看。平兒忙去取筆硯來。他三人說道："這一個老祝媽，是個妥當的，況他老頭子和他兒子，代代都是管打掃竹子，如今竟把這所有的竹子交與他。這一個老田媽，本是種莊稼的，稻香村一帶，凡有菜蔬稻稗之類，雖是玩意兒，不必認真大治大耕，也須得他去再細細按時加些植養，豈不更好？"探春又笑道："可惜蘅蕪院和怡紅院這兩處大地方，竟沒有出息之物。"李紈忙笑道："蘅蕪院裏更厲害！如今香料舖並大市大廟賣的各處香料、香草兒，都不是這些東西？算起來，比別的利息更大。怡紅院別說別的，單只說春夏兩季的玫瑰花，共下多少花朵兒？還有一帶籬笆上的薔薇、月季、寶相、金銀花、藤花，這幾色草花，乾了賣到茶葉舖、藥舖去，也值好些錢。"探春笑着點頭兒，又道："只是弄香草沒有在行的人。"平兒忙笑道："跟寶姑娘的鶯兒他媽，就是會弄這個的。上回他還採了些曬乾了，編成花籃葫蘆給我玩呢。姑娘倒忘了麼？"寶釵笑道："我才讚你，你倒來捉弄我了。"三人都詫異問道："這是為何？"寶釵道："斷斷使不得。你們這裏多少得用的人，一個個閑着沒事辦，這會子我又弄個人來，叫那起人連我也看小了。我倒替你們想出一個人來：怡紅院有個老葉媽，他就是焙茗的娘，那是個誠實老人家；他又合我們鶯兒媽極好。不如把這事交與葉媽，他有不知的，不必咱們說給他，就找鶯兒的娘去商量了。哪怕葉媽全不管，竟交與哪一個，這是他們私情兒，有人說閑話，也就怨不到咱們身上。如此一行，你們辦的又公道，於事又妥當。"李紈、平兒都道："很是。"探春笑道："雖如此，只怕他們見利忘義呢。"平兒笑道："不相干，前日鶯兒還認了葉媽做乾娘，請吃飯吃

精選
紅樓夢
探春改革大觀園

酒，兩家和厚的很呢。"探春聽了，方罷了。又共斟酌出幾個人來，俱是他四人素昔冷眼取中的，用筆圈出。

一面探春與李紈明示諸人：某人管某處，"按四季，除家中定例用多少外，餘者任憑你們採取去取利，年終算賬。"探春笑道："我又想起一件事：若年終算賬，歸錢時，自然歸到賬房，仍是上頭又添一層管主，還在他們手心裏，又剝一層皮。這如今我們興出這件事，派了你們，已是跨過他們的頭去了，心裏有氣，只說不出來；你們年終去歸賬，他還不捉弄你們等甚麼？再者，這一年間，管甚麼的，主子有一全份，他們就得半份，這是每常的舊規，人所共知的。如今這園子是我的新創，竟別入他們的手，每年歸賬，竟歸到裏頭來才好。"寶釵笑道："依我說，裏頭也不用歸賬，這個多了，那個少了，倒多了事。不如問他們誰領這一份的，他就攬一宗事去。不過是園裏的人動用。我替你們算出來了，有限的幾宗事，不過是頭油、胭粉、香、紙，每一位姑娘，幾個丫頭，都是有定例的；再者各處笤帚、簸箕、撣子，並大小禽鳥、鹿、兔吃的糧食。不過這幾樣。都是他們包了去，不用賬房去領錢。你算算，就省下多少來？"平兒笑道："這幾宗雖小，一年通共算了，也省的下四百兩銀子。"

寶釵笑道："卻又來，一年四百，二年八百兩，打租的房子也能多買幾間，薄沙地也可以添幾畝了。雖然還有敷餘，但他們既辛苦了一年，也要叫他們剩些，黏補自家。雖是興利節用為綱，然也不可太過，要再省上二三百銀子，失了大體統，也不像。所以這麼一行，外頭賬房裏一年少出四五百銀子，也不覺的很艱嗇了；他們裏頭卻也得些小補。這些沒營生的媽媽們，也寬裕了。園子裏花木，也可以每年滋長繁盛。眾婆子聽了這個議論，又去了賬房受轄制，又不與鳳姐兒去算賬，一年不過多拿出若干吊錢來，各各歡喜異常，都齊聲說："願意！"

寶釵笑道：「我們太太又多病，家務也忙，我原是個閒人，就是街坊鄰舍，也要幫個忙兒，何況是姨娘託我？講不起眾人嫌我。倘或我只顧沽名釣譽的，那時酒醉賭輸，再生出事來，我怎麼見姨娘？你們那時後悔也遲了，就連你們素昔的老臉也都丟了。這些姑娘們，這麼一所大花園子，都是你們照管着，皆因看的你們是三四代的老媽媽，最是循規蹈矩，原該大家齊心顧些體統。所以我如今替你們想出這個額外的進益來，也為的是大家齊心，把這園裏周全得謹謹慎慎的，使那些有權執事的看見這般嚴肅謹慎，且不用他們操心，他們心裏豈不敬服？也不枉替你們籌劃些進益了。你們去細細想想這話。」眾人都歡喜說：「姑娘說的很是。從此姑娘奶奶只管放心。姑娘奶奶這麼疼顧我們，我們再要不體上情，天地也不容了。」

第七篇　賈府經濟現危機

　　賈政回京覆命，因是學差，故不敢先到家中。珍、璉、寶玉頭一天便迎出一站去；接見了，賈政先請了賈母的安，便命都回家伺候。

　　次日面聖，諸事完畢，才回家來。又蒙恩賜假一月，在家歇息。因年景漸老，事重身衰，又近因在外幾年，骨肉離異，今得宴然復聚，自覺喜幸不盡，一應大小事務，一概亦付之度外，只是看書，悶了便與清客們下棋吃酒，或日間在裏邊，母子夫妻，共敘天倫之樂。

　　因今歲八月初三日乃賈母八旬大慶，又因親友全來，恐筵宴排設不開，便早同賈赦及賈璉等商議，議定於七月二十八日起，至八月初五日止，寧、榮兩處，齊開筵宴。寧國府中單請官客，榮國府中單請堂客。大觀園中，收拾出綴錦閣並嘉蔭堂等幾處大地方來，做退居。二十八日，請皇親、駙馬、王公、諸王、郡主、王妃、公主、國君、太君、夫人等；二十九日，便是閣府督鎮及誥命等；三十日，便是諸官長及誥命並遠近親友及堂客。初一日，是賈赦的家宴；初二日，是賈政；初三日，是賈珍、賈璉；初四日，是賈府中合族長幼大小共湊家宴；初五日，是賴大、林之孝等家下管事人等共湊一日。

　　至二十八日，兩府中俱懸燈結綵，屏開鸞鳳，褥設芙蓉；笙簫鼓樂之音，通衢越巷。寧府中，本日只有北靜王、南安郡王、永昌駙馬、樂善郡王並幾位世交公侯蔭襲；榮府中，南安王太妃、北靜王妃並世交公侯誥命。賈母等皆是按品大妝迎接。大家廝見，先請至大觀園內嘉蔭堂，茶畢更衣，方出至榮慶堂上拜壽入席。大家謙遜半日，方才入坐，上面兩席是南北

王妃；下面依序，便是眾公侯命婦。左邊下手一席，陪客是錦鄉侯誥命與臨昌伯誥命；右邊下手方是賈母主位。邢夫人、王夫人帶領尤氏、鳳姐並族中幾個媳婦，兩溜雁翅，站在賈母身後侍立；林之孝、賴大家的帶領眾媳婦，都在竹簾外面，伺候上菜上酒；周瑞家的帶領幾個丫鬟，在圍屏後伺候呼喚。凡跟來的人，早又有人款待，別處去了。

說話之間，賈璉已走至堂屋門口，平兒忙迎出來。賈璉見平兒在東屋裏，便也過這間房內來，走至門前，忽見鴛鴦坐在炕上，便煞住腳，笑道：「鴛鴦姐姐，今兒貴步幸臨賤地。」鴛鴦只坐着，笑道：「來請爺奶奶的安，偏又不在家的不在家，睡覺的睡覺。」賈璉笑道：「姐姐一年到頭辛苦，伏侍老太太，我還沒看你去，哪裏還敢勞動來看我們。」又說：「巧的很。我才要找姐姐去，因為穿着這袍子熱，先來換了夾袍子，再過去找姐姐去，不想老天爺可憐，省我走這一趟。」一面說，一面在椅子上坐下。

鴛鴦因問：“又有甚麼說的？”賈璉未語先笑，道：“因有一件事竟忘了，只怕姐姐還記得：上年老太太生日，曾有一個外路和尚來孝敬一個蠟油凍的佛手，因老太太愛，就即刻拿過來擺着。因前日老太太的生日，我看古董賬，還有一筆在這賬上，卻不知此時這件着落在何處。古董房裏的人也回過了我兩次，等我問準了，好注上一筆。所以我問姐姐：如今還是老太太擺着呢？還是交到誰手裏去了呢？”鴛鴦聽說，便說道：“老太太擺了幾日，厭煩了，就給你們奶奶了。你這會子又問我來了。我連日子還記得，還是我打發了老王家的送來。你忘了，或是問你們奶奶和平兒。”

平兒正拿衣裳，聽見如此說，忙出來回說：“交過來了，現在樓上放着呢。奶奶已經打發人去說過，他們發昏沒記上，又來叨蹬這些沒要緊的事。”賈璉聽說，笑道：“既然給了你奶奶，我怎麼不知道，你們就昧下了？”平兒道：“奶奶告訴二爺，二爺還要送人，奶奶不肯，好容易留下的。這會子自己忘了，倒說我們昧下。那是甚麼好東西，比那強十倍的，也沒昧下一遭兒，這會子就愛上那不值錢的咧？”

賈璉垂頭含笑，想了想，拍手道：“我如今竟糊塗了！丟三忘四，惹人抱怨，竟大不像先了。”鴛鴦笑道：“也怨不得：事情又多，口舌又雜，你再喝上兩盅酒，哪裏記得許多？”一面說，一面起身要走。賈璉忙也立起身來，說道：“好姐姐，略坐一坐兒，兄弟還有一事相求。”說着，便罵小丫頭：“怎麼不沏好茶來？快拿乾淨蓋碗，把昨日進上的新茶沏一碗來。”說着，向鴛鴦道：“這兩日，因老太太千秋，所有的幾千兩都使了。幾處房租、地租，統在九月才得，這會子竟接不上。明兒又要送南安府裏的禮，又要預備娘娘的重陽節，還有幾家紅白大禮，至少還得三二千兩銀子用，一時難去支借。俗語說的好：‘求人不如求己。’說不得姐姐擔個不是，暫且把老太太查不着的金銀傢伙，偷着運出一箱子來，暫押千數兩銀子，支騰過去。不上半月的光景，銀子來了，我就贖了交還，斷不能叫姐姐落不是。"

鴛鴦聽了，笑道："你倒會變法兒，虧你怎麼想了。"賈璉笑道："不是我撒謊：若論除了姐姐，也還有人手裏管得起千數兩銀子；只是他們為人，都不如你明白有膽量，我和他們一說，反嚇住了他們。所以我'寧撞金鐘一下，不打鐃鈸三千'。"一語未了，賈母那邊小丫頭子忙忙走來找鴛鴦，說："老太太找姐姐呢。這半日，我哪裏沒找到？卻在這裏。"鴛鴦聽說，忙着去見賈母。

賈璉見他去了，只得回來瞧鳳姐。誰知鳳姐已醒了，聽他和鴛鴦借當，自己不便答話，只躺在榻上。聽見鴛鴦去了，賈璉進來，鳳姐因問道："他可應准了？"賈璉笑道："雖未應准，卻有幾分成了。須得你再去和他說一說，就十分成了。"鳳姐笑道："我不管這些事。倘或說准了，這會子說着好聽，到了有錢的時節，你就擱在脖子後頭了，誰和你打饑荒去？倘或老太太知道了，倒把我這幾年的臉面都丟了。"賈璉笑道："好人，你要說定了，我謝你。"鳳姐笑道："你說謝我甚麼？"賈璉笑道："你說要甚麼就有甚麼。"

平兒一旁笑道："奶奶不用要別的。剛才正說要做一件甚麼事，恰少一二百銀子使，不如借了來，奶奶拿這麼一二百銀子，豈不兩全其美？"鳳姐笑道："幸虧提起我來。就是這麼也罷了。"賈璉笑道："你們也太狠了。你們這會子別說一千兩的當頭，就是現銀子，要三五千，只怕也難不倒。我不和你們借就罷了。這會子煩你說一句話，還要個利錢，難為你們和我……"。一語未了，只見旺兒媳婦走進來，鳳姐便問："可成了沒有？"旺兒媳婦道："竟不中用。我說須得奶奶作主就成了。"賈璉便問："又是甚麼事？"鳳姐兒見問，便說道："不

精選
紅樓夢
賈府經濟現危機

是甚麼大事。旺兒有個小子，今年十七歲了，還沒娶媳婦兒，因要求太太房裏的彩霞，不知太太心裏怎麼樣。前日太太見彩霞大了，二則又多病多災的，因此開恩，打發他出去了，給他老子隨便自己擇女婿去罷。因此，旺兒媳婦來求我。我想他兩家也就算門當戶對了，一說去，自然成的；誰知他這會子來了，說不中用。"賈璉道："這是甚麼大事？比彩霞好的多着呢。"旺兒家的便笑道："爺雖如此說，連他家還看不起我們，別人愈發看不起我們了。好容易相看準一個媳婦兒，我只說求爺奶奶的恩典，替作成了，奶奶又說他必是肯的，我就煩了人過去試一試，誰知白討了個沒趣兒。若論那孩子，倒好，據我素日合意兒試他，心裏沒有甚麼說的，只是他老子娘兩個老東西，太心高了些。"

　　賈璉心中有事，哪裏把這點事放在心裏。待要不管，只是看着鳳姐兒的陪房，且素日出過力的，臉上實在過不去，因說："甚麼大事？只管咕咕唧唧的！你放心，且去。我明日作媒，打發兩個有體面的人，一面說，一面帶着定禮去，就說是我的主意。他十分不依，叫他來見我。"

　　旺兒家的看着鳳姐，鳳姐便努嘴兒。旺兒家的會意，忙趴下就給賈璉磕頭謝恩。這賈璉忙道："你只管給你們姑奶奶磕頭。我雖說了，到底也得你們姑奶奶打發人叫他女人上來，和他好說，更好些；不然，太霸道了，日後你們兩親家也難走動。"鳳姐忙道："連你還這麼開恩操心呢，我反倒袖手旁觀不成？旺兒家的，你聽見了：這事說了，你也忙忙的給我完了事來。說給你男人，外頭所有的賬目，一概趕今年年底都收進來，少一個錢也不依。我的名聲不好，再放一年，都要生吃了我呢。"

　　旺兒媳婦笑道："奶奶也太膽小了。誰敢議論奶奶。若收了時，我也是一場癡心白使了。"鳳姐道："我真個還等錢做甚麼？不過為的是日用，出的多，進的少。這屋裏有的沒的，我和你姑爺一月的月錢，再連上四個丫頭的月錢，通共一二十兩銀子，還不夠三五天使用的呢。若不是我千湊萬挪的，早不知過到甚麼破窯去了。如今倒落了一個放賬的名兒。既這樣，我就收了回來。我比誰不會花錢？咱們以後就坐着花，到多早晚，就是多早晚。這不是樣兒？前兒老太太生日，太太急了兩個月，想不出法兒來，還是我提了一句，後樓上現有些沒要緊的大銅錫傢伙，四五箱子，拿出去弄了三百銀子，才把太太遮羞禮兒搪過去了。我是你們知道的：那一個金自鳴鐘賣了五百六十兩銀子，沒有半個月，大事小事沒十件，白填在裏頭。今兒外頭也短住了，不知是誰的主意，搜尋上老太太了。明兒再過一年，便搜尋到頭面衣裳，可就好了！"旺兒媳婦笑道："哪一位太太奶奶的頭面衣裳折變了不夠過一輩子的？只是不肯罷咧。"鳳姐道："不是我說沒能耐的話，要像這麼着，我竟不能了。昨兒晚上，忽然做了個夢，說來可笑：夢見一個人，雖然面善，卻又不知名姓，找我說：娘娘打發他來，要一百疋錦。我問他是哪一位娘娘，他說的又不是咱們的娘娘。我就不肯給他，他就來奪。正奪着，就醒了。"旺兒家的笑道："這是奶奶日間操心，惦記應候宮裏的事。"

　　一語未了，人回："夏太監打發了一個小內家來說話。"賈璉聽了，忙皺眉道："又是甚麼話？一年他們也搬夠了！"鳳姐道："你藏起來，等我見他。若是小事，罷了；若是大事，我自有回話。"賈璉便躲入內套間去。

　　這裏鳳姐命人帶進小太監來，讓他椅上坐了吃茶，因問何事。那小太監便說："夏爺爺因今兒偶見一所房子，如今竟短二百兩銀子，打發我來問舅奶奶家裏，有現成的銀子暫借一二百，這一兩日就送來。"鳳姐兒聽了，笑道："甚麼是送來？有的是銀子，只管先兌了去。改日等我們短住，再借去也是一樣。"小太監道："夏爺爺還説：上兩回還有一千二百兩銀子沒送來，等今年年底下，自然一齊都送過來的。"鳳姐笑道："你夏爺爺好小氣。這也值的放在心裏？我説一句話，不怕他多心：要都這麼記清了還我們，不知要還多少了。只怕我們沒有，要有，只管拿去。"因叫旺兒媳婦來，"出去，不管哪裏先支二百銀來。"旺兒媳婦會意，因笑道："我才因別處支不動，才來和奶奶支的。"鳳姐道："你們只會裏頭來要錢；叫你們外頭弄去，就不能了。"説着，叫平兒："把我那兩個金項圈拿出去，暫且押四百兩銀子。"

平兒答應去了，果然拿了一個錦盒子來，裏面兩個錦袱包着。打開時，一個金纍絲攢珠的，那珍珠都有蓮子大小；一個點翠嵌寶石的，兩個都與宮中之物不離上下。一時拿去，果然拿了四百兩銀子來。鳳姐命給小太監打疊一半，那一半與了旺兒媳婦，命他拿去辦八月中秋的節。那小太監便告辭了，鳳姐命人替他拿着銀子，送出大門去了。

這裏賈璉出來，笑道："這一起外祟，何日是了！"鳳姐笑道："剛説着，就來了一股子！"賈璉道："昨兒周太監來，張口一千兩，我略應慢了些，他就不自在。將來得罪人的地方兒多着呢。這會子再發個三五萬的財就好了！"一面説，一面平兒伏侍鳳姐另洗了臉，更衣往賈母處伺候晚飯。

賈璉出來，剛至外書房，忽見林之孝走來。賈璉因問何事。林之孝説道："人口太眾了。不如揀個空日，回明老太太老爺，把這些出過力的老家人，用不着的，開恩放幾家出去。一則他們各有營運，二則家裏一年也省口糧月錢。再者，裏頭的姑娘也太多。俗語説，'一時比不得一時'，如今説不得先時的例了，少不的大家委屈些，該使八個的使六個，使四個的使兩個。若各房算起來，一年也可以省許多月米月錢。況且裏頭的女孩子們，一半都大了，也該配人的配人，成了房，豈不又滋生出些人來？"賈璉道："我也這麼想，只是老爺才回家來，多少大事未回，哪裏議到這個上頭。前兒官媒拿了個庚帖來求親，太太還説老爺才來家，每日歡天喜地的説'骨肉完聚'，忽然提起這事，恐老爺又傷心，所以且不叫提起。"林之孝道："這也是正理，太太想的周到。"

第八篇　黛玉焚稿斷癡情

　　一日，黛玉早飯後，帶着紫鵑到賈母這邊來，一則請安，二則也為自己散散悶。出了瀟湘館，走了幾步，忽然想起忘了手絹子來，因叫紫鵑回去取來，自己卻慢慢的走着等他。剛走到沁芳橋那邊山石背後當日同寶玉葬花之處，忽聽一個人嗚嗚咽咽在那裏哭。黛玉煞住腳聽時，又聽不出是誰的聲音，也聽不出哭的叨叨的是些甚麼話，心裏甚是疑惑，便慢慢的走去。及到了跟前，卻見一個濃眉大眼的丫頭在那裏哭呢。

　　那丫頭見黛玉來了，便也不敢再哭，站起來拭眼淚。黛玉問道：“你好好的為甚麼在這裏傷心？”那丫頭聽了這話，又流淚道：“林姑娘，你評評這個理：他們説話，我又不知道，我就説錯了一句話，我姐姐也不犯就打我呀！”黛玉聽了，不懂他説的是甚麼，因笑問道：“你姐姐是哪一個？”那丫頭道：“就是珍珠姐姐。”黛玉聽了，才知他是賈母屋裏的。因又問：“你叫甚麼？”那丫頭道：“我叫傻大姐兒。”黛玉笑了一笑，又問：“你姐姐為甚麼打你？你説錯了甚麼話了？”那丫頭道：“為甚麼呢！就是為我們寶二爺娶寶姑娘的事情。”

　　黛玉聽了這句話，如同一個疾雷，心頭亂跳，略定了定神，便叫這丫頭：“你跟了我這裏來。”那丫頭跟着黛玉到那畸角兒上葬桃花的去處，那裏背靜，黛玉因問道：“寶二爺娶寶姑娘，他為甚麼打你呢？”傻大姐道：“我們老太太和太太、二奶奶商量了，因為我們老爺要起身，説就趕着往姨太太商量，把寶姑娘娶過來罷。頭一宗，給寶二爺沖甚麼喜；第二宗……”説到這裏，又瞅着黛玉笑了一笑，才説道：“趕着辦了，還要給林姑娘説婆婆家呢。”

精選 紅樓夢

黛玉焚稿斷癡情

黛玉因問道：「寶二爺娶寶姑娘，他為甚麼打你呢？」傻大姐道：⋯⋯

黛玉已經聽呆了。這丫頭只管説道："我白和寶二爺屋裏的襲人姐姐説了一句：'咱們明兒更熱鬧了，又是寶姑娘，又是寶二奶奶，這可怎麼叫呢？'林姑娘，你説我這話害着珍珠姐姐甚麼了嗎？他走過來就打了我一個嘴巴，説我混説，不遵上頭的話，要攆出我去。我知道上頭為甚麼不叫言語呢？你們又沒告訴我，就打我。"説着，又哭起來。

那黛玉此時心裏，竟是油兒、醬兒、糖兒、醋兒倒在一處的一般，甜、苦、酸、鹹，竟説不上甚麼味兒來了。停了一會兒，顫巍巍的説道："你別混説了。你再混説，叫人聽見，又要打你了。你去罷。"説着，自己轉身要回瀟湘館去。那身子竟有千百斤重的，兩隻腳卻像踩着棉花一般，早已軟了。只得一步一步慢慢的走將來。走了半天，還沒到沁芳橋畔。原來腳下軟了，走的慢，且又迷迷癡癡，信着腳兒從那邊繞過來，更添了兩箭地的路。這時剛到沁芳橋畔，卻又不知不覺的順着堤往回裏走起來。

紫鵑取了絹子來，不見黛玉。正在那裏看時，只見黛玉顏色雪白，身子恍恍蕩蕩的，眼睛也直直的，在那裏東轉西轉。又見一個丫頭往前頭走了，離的遠，也看不出是哪一個來。心中驚疑不定，只得趕過來，輕輕的問道："姑娘怎麼又回去？是要往哪裏去？"黛玉也只模糊聽見，隨口應道："我問問寶玉去。"紫鵑聽了，摸不着頭腦，只得攙着他到賈母這邊來。

黛玉走到賈母門口，心裏似覺明晰，回頭看見紫鵑攙着自己，便站住了，問道："你作甚麼來的？"紫鵑陪笑道："我找了絹子來了。頭裏見姑娘在橋那邊呢，我趕着過去問姑娘，姑娘沒理會。"黛玉笑道："我打量你來瞧寶二爺來了呢，不然，怎麼往這裏走呢？"

紫鵑見他心裏迷惑，便知黛玉必是聽見那丫頭甚麼話來，惟有點頭微笑而已。只是心裏怕他見了寶玉，那一個已經是瘋瘋傻傻，這一個又這樣恍恍惚惚，一時說出些不大體統的話來，那時如何是好？心裏雖如此想，卻也不敢違拗，只得攙他進去。

那黛玉卻又奇怪，這時不是先前那樣軟了，也不用紫鵑打簾子，自己掀起簾子進來。卻是寂然無聲：因賈母在屋裏歇中覺，丫頭們也有脫滑兒玩去的，也有打盹的，也有在那裏伺候老太太的。倒是襲人聽見簾子響，從屋裏出來一看，見是黛玉，便讓道："姑娘，屋裏坐罷。"黛玉笑着說："寶二爺在家麼？"襲人不知底裏，剛要答言，只見紫鵑在黛玉身後和他努嘴兒，指着黛玉，又搖搖手兒。襲人不解何意，也不敢言語。黛玉卻也不理會，自己走進房來。看見寶玉在那裏坐着，也不起來讓坐，只瞅着嘻嘻的傻笑。黛玉自己坐下，卻也瞅着寶玉笑。兩個人也不問好，也不說話，也無推讓，只管對着臉傻笑起來。

襲人看見這番光景，心裏大不得主意，只是沒法兒。忽然聽着黛玉說道："寶玉，你為甚麼病了？"寶玉笑道："我為林姑娘病了。"襲人、紫鵑兩個嚇得面目改色，連忙用言語來岔。兩個卻又不答言，仍舊傻笑起來。襲人見了這樣，知道黛玉此時心中迷惑，和寶玉一樣。因悄和紫鵑說道："姑娘才好了，我叫秋紋妹妹同着你攙回姑娘，歇歇去罷。"因回頭向秋紋道："你和紫鵑姐姐送林姑娘去罷。你可別混說話。"

秋紋笑着，也不言語，便來同着紫鵑攙起黛玉。那黛玉也就站起來，瞅着寶玉只管笑，只管點頭兒。紫鵑又催道："姑娘，回家去歇歇罷。"黛玉道："可不是！我這就是回去的時候兒了。"說着，便回身笑着出來了，仍舊不用丫頭們攙扶，自己卻走得比往常飛快。紫鵑、秋紋後面趕忙跟着走。

黛玉出了賈母院門，只管一直走去，紫鵑連忙攙住，叫道："姑娘，往這邊來。"黛玉仍是笑着，隨了往瀟湘館來。離門口不遠，紫鵑道："阿彌陀佛！可到了家了。"只這一句話沒説完，只見黛玉身子往前一栽，"哇"的一聲，一口血直吐出來。

　　原來黛玉因今日聽得寶玉、寶釵的事情，這本是他數年的心病，一時急怒，所以迷惑了本性。及至回來吐了這一口血，心中卻漸漸的明白過來，把頭裏的事一字也不記得。這會子見紫鵑哭了，方模糊想起傻大姐的話來。此時反不傷心，惟求速死，以完此債。這裏紫鵑、雪雁只得守着，想要告訴人去，怕又像上回招的鳳姐説他們失驚打怪。哪知秋紋回去神色慌張，正值賈母睡起中覺來，看見這般光景，便問："怎麼了？"秋紋嚇的連忙把剛才的事回了一遍。賈母大驚，説："這還了得！"連忙着人叫了王夫人、鳳姐過來，告訴了他婆媳兩個。

鳳姐道：“我都囑咐了，這是甚麼人走了風了呢？這不更是一件難事了嗎。”賈母道：“且別管那些，先瞧瞧去是怎麼樣了。”說着，便起身帶着王夫人、鳳姐等過來看視。見黛玉顏色如雪，並無一點血色，神氣昏沉，氣息微細，半日又咳嗽了一陣，丫頭遞了痰盂，吐出都是痰中帶血的。大家都慌了。只見黛玉微微睜眼，看見賈母在他旁邊，便喘吁吁的説道：“老太太，你白疼了我了！”

　　賈母一聞此言，十分難受，便道：“好孩子，你養着罷，不怕的。”黛玉微微一笑，把眼又閉上了。賈母看黛玉神氣不好，便出來告訴鳳姐等道：“我看這孩子的病，不是我咒他，只怕難好。你們也該替他預備預備，沖一沖，或者好了，豈不是大家省心？就是怎麼樣，也不至臨時忙亂。咱們家裏這兩天正有事呢。”鳳姐兒答應了。賈母又問了紫鵑一回，到底不知是哪個説的。賈母心裏只是納悶，因説：“孩子們從小兒在一處兒玩，好些是有的。如今大了，懂的人事，就該要分別些，

才是做女孩兒的本分，我才心裏疼他。若是他心裏有別的想頭，成了甚麼人了呢！我可是白疼了他了。你們説了，我倒有些不放心。"

且説黛玉雖然服藥，這病日重一日。紫鵑等在旁苦勸，説道："事情到了這個份兒，不得不説了。姑娘的心事，我們也都知道。至於意外之事，是再沒有的。姑娘不信，只拿寶玉的身子説起，這樣大病，怎麼做得親呢？姑娘別聽瞎話，自己安心保重才好。"黛玉微笑一笑，也不答言，又咳嗽數聲，吐出好些血來。紫鵑等看去，只有一息奄奄，明知勸不過來，惟有守着流淚。天天三四趟去告訴賈母，鴛鴦測度賈母近日比前疼黛玉的心差了些，所以不常去回。況賈母這幾日的心都在寶釵、寶玉身上，不見黛玉的信兒，也不大提起，只請太醫調治罷了。

黛玉向來病着，自賈母起直到姊妹們的下人，常來問候；今見賈府中上下人等都不過來，連一個問的人都沒有，睜開眼，只有紫鵑一人，自料萬無生理，因掙扎着向紫鵑説道："妹妹，你是我最知心的，雖是老太太派你伏侍我，這幾年，我拿你就當作我的親妹妹……"説到這裏，氣又接不上來。紫鵑聽了，一陣心酸，早哭得説不出話來。

遲了半日，黛玉又一面喘，一面説道："紫鵑妹妹，我躺着不受用，你扶起我來靠着坐坐才好。"紫鵑道："姑娘的身上不大好，起來又要抖摟着了。"黛玉聽了，閉上眼不言語了。一時，又要起來，紫鵑沒法，只得同雪雁把他扶起，兩邊用軟枕靠住，自己卻倚在旁邊。黛玉哪裏坐得住？下身自覺硌的疼，狠命的撑着。叫過雪雁來道："我的詩本子……"説着，又喘。

雪雁料是要他前日所理的詩稿，因找來送到黛玉跟前。黛玉點點頭兒，又抬眼看那箱子。雪雁不解，只是發怔。黛玉氣的兩眼直瞪，又咳嗽起來，又吐了一口血。雪雁連忙回身取了水來，黛玉漱了，吐在盂內。紫鵑用絹子給他拭了嘴，黛玉便拿那絹子指着箱子，又喘成一處，説不上來，閉了眼。紫鵑道："姑娘歪歪兒罷。"黛玉又搖搖頭兒。

紫鵑料是要絹子，便叫雪雁開箱，拿出一塊白綾絹子來。黛玉瞧了，擱在一邊，使勁説道："有字的！"紫鵑這才明白過來要那塊題詩的舊帕，只得叫雪雁拿出來，遞給黛玉。紫鵑勸道："姑娘歇歇兒罷，何苦又勞神？等好了再瞧罷。"只見黛玉接到手裏也不瞧，掙扎着伸出那隻手來，狠命的撕那絹子，卻是只有打顫的份兒，哪裏撕得動？紫鵑早已知他是恨寶玉，卻也不敢説破，只説："姑娘，何苦自己又生氣！"黛玉微微的點頭，便掖在袖裏。説叫："點燈。"

雪雁答應，連忙點上燈來。黛玉瞧瞧，又閉上眼坐着，喘了一會子，又道："籠上火盆。"紫鵑打量他冷，因説道："姑娘躺下，多蓋一件罷。那炭氣只怕耽不住。"黛玉又搖頭兒。雪雁只得籠上，攔在地下火盆架上。黛玉點頭，意思叫挪到炕上來。雪雁只得端上來，出去拿那張火盆炕桌。

那黛玉卻又把身子欠起，紫鵑只得兩隻手來扶着他。黛玉這才將方才的絹子拿在手中，瞅着那火，點點頭兒，往上一擱。紫鵑唬了一跳，欲要搶時，兩隻手卻不敢動。雪雁又出去拿火盆桌子，此時那絹子已經燒着了。紫鵑勸道："姑娘！這是怎麼説呢！"

黛玉只作不聞，回手又把那詩稿拿起來，瞧了瞧，又擱下了。紫鵑怕他也要燒，連忙將身倚住黛玉，騰出手來拿時，黛玉又早拾起，擱在火上。此時紫鵑卻夠不着，乾急。雪雁正拿進桌子來，看見黛玉一擱，不知何物，趕忙搶時，那紙沾火就着，如何能夠少待，早已烘烘的着了。雪雁也顧不得燒手，從火裏抓起來，擱在地下亂踩，卻已燒得所餘無幾了。

那黛玉卻又把身子欠起，紫鵑只得兩隻
手來扶着他。黛玉這才將方才的絹子拿
在手中，瞅着那火，點點頭兒，往上一撂。

那黛玉把眼一閉，往後一仰，幾乎不曾把紫鵑壓倒。紫鵑連忙叫雪雁上來，將黛玉扶着放倒，心裏突突的亂跳。欲要叫人時，天又晚了；欲不叫人時，自己同着雪雁和鸚哥等幾個小丫頭，又怕一時有甚麼原故。好容易熬了一夜，到了次日早起，覺黛玉又緩過一點兒來。飯後，忽然又嗽又吐，又緊起來。

紫鵑看着不好了，連忙將雪雁等都叫進來看守，自己卻來回賈母。哪知到了賈母上房，靜悄悄的，只有兩三個老媽媽和幾個做粗活的丫頭在那裏看屋子呢。紫鵑因問道：“老太太呢？”那些人都說：“不知道。”紫鵑聽這話詫異，遂到寶玉屋裏去看，竟也無人。遂問屋裏的丫頭，也說不知。

紫鵑已知八九，“但這些人怎麼竟這樣狠毒冷淡！”又想到黛玉這幾天竟連一個人問的也沒有，愈想愈悲，索性激起一腔悶氣來，一扭身，便出來了。自己想了一想：“今日倒要看看寶玉是何形狀。看他見了我怎麼樣過的去！那一年我說了一句謊話，他就急病了，今日竟公然做出這件事來！可知天下男子之心真真是冰寒雪冷，令人切齒的！”一面走，一面想，早已來到怡紅院。只見院門虛掩，裏面卻又寂靜的很，紫鵑忽然想到：“他要娶親，自然是有新屋子的，但不知他這新屋子在何處？”

正在那裏徘徊瞻顧，看見墨雨飛跑，紫鵑便叫住他。墨雨過來笑嘻嘻的道：“姐姐到這裏做甚麼？”紫鵑道：“我聽見寶二爺娶親，我要來看看熱鬧兒，誰知不在這裏。也不知是幾兒？”墨雨悄悄的道：“我這話，只告訴姐姐，你可別告訴雪雁。他們上頭吩咐了，連你們都不叫知道呢。就是今日夜裏娶。哪裏是在這裏？老爺派璉二爺另收拾了房子了。”說着，又問：“姐姐有甚麼事麼？”紫鵑道：“沒甚麼事，你去罷。”墨雨仍舊飛跑去了。

紫鵑自己發了一回獃，忽然想起黛玉來，一面哭一面走，

精選
紅樓夢

黛玉焚稿斷癡情

嗚嗚咽咽的,自回去了。還未到瀟湘館,只見兩個小丫頭在門裏往外探頭探腦的,一眼看見紫鵑,那一個便嚷道:"那不是紫鵑姐姐來了嗎!"紫鵑知道不好了,連忙擺手兒不叫嚷,趕忙進來看時,只見黛玉肝火上炎,兩顴紅赤。紫鵑覺得不妥,叫了黛玉的奶媽王奶奶來,一看,他便大哭起來。

紫鵑忽然想起一個人來,便命小丫頭急忙去請。李紈正在那裏給賈蘭改詩,冒冒失失的見一個丫頭進來回說:"大奶奶,只怕林姑娘不好了!那裏都哭呢。"李紈聽了,嚇了一大跳,也不及問了,連忙站起身來便走。素雲、碧月跟着。一頭走着,一頭落淚,想着:"姐妹在一處一場,更兼他那容貌才情,真是寡二少雙,惟有青女素娥可以仿佛一二,竟這樣小小的年紀就作了北邙鄉女!偏偏鳳姐想出一條偷梁換柱之計,自己也不好過瀟湘館來,竟未能少盡姊妹之情,真真可憐可歎!"一頭想着,已走到瀟湘館的門口。裏面卻又寂然無聲,李紈倒着起忙來:"想來必是已死,都哭過了,那衣衾裝裹未知妥當了沒有?"連忙三步兩步走進屋子來。裏間門口一個小丫頭已經看見,便說:"大奶奶來了。"紫鵑忙往外走,和李紈走了個對面。李紈忙問:"怎麼樣?"紫鵑欲說話時,惟有喉中哽咽的份兒,卻一字說不出,那眼淚一似斷線珍珠一般,只將一隻手回過去指着黛玉。

李紈看了紫鵑這般光景,更覺心酸,也不再問,連忙走過來看時,那黛玉已不能言。李紈輕輕叫了兩聲。黛玉卻還微微的開眼,似有知識之狀,但只眼皮嘴唇微有動意,口內尚有出入之息,卻要一句話、一點淚也沒有了。

李紈回身,見紫鵑不在跟前,便問雪雁。雪雁道:"他在外頭屋裏呢。"李紈連忙出來,只見紫鵑在外間空牀上躺着,顏色青黃,閉了眼,只管流淚,那鼻涕眼淚把一個砌花錦邊的褥子已濕了碗大的一片。李紈連忙喚他,那紫鵑才慢慢的睜開眼，欠起身來。李紈道："傻丫頭！這是甚麼時候，且只顧哭你的。林姑娘的衣衾，還不拿出來給他換上，還等多早晚呢？難道他個女孩兒家，你還叫他失身露體，精着來，光着去嗎？"紫鵑聽了這句話，一發止不住痛哭起來。李紈一面也哭，一面着急，一面拭淚，一面拍着紫鵑的肩膀說："好孩子，你把我的心都哭亂了！快着收拾他的東西罷，再遲一會子就了不得了！"

正鬧着，外邊一個人慌慌張張跑進來，倒把李紈唬了一跳。看時，卻是平兒，跑進來，看見這樣，只是獃磕磕的發怔。李紈道："你這會子不在那邊，做甚麼來了？"說着，林之孝家的也進來了。平兒道："奶奶不放心，叫來瞧瞧。既有大奶奶在這裏，我們奶奶就只顧那一頭兒了。"李紈點點頭兒。平兒道："我也見見林姑娘。"說着，一面往裏走，一面早已流下淚來。

正值寶玉成家的那一日，黛玉白日已經昏暈過去，卻心頭口中一絲微氣不斷，把個李紈和紫鵑哭的死去活來。到了晚間，黛玉卻又緩過來了，微微睜開眼，似有要水要湯的光景。此時雪雁已去，只有紫鵑和李紈在旁。紫鵑便端了一盞桂圓湯和的梨汁，用小銀匙灌了兩三匙。黛玉閉着眼，靜養了一會子，覺得心裏似明似暗的。此時李紈見黛玉略緩，明知是迴光返照的光景，卻料着還有一半天耐頭，自己回到稻香村，料理了一回事情。

這裏黛玉睜開眼一看，只有紫鵑和奶媽並幾個小丫頭在那裏，便一手攥了紫鵑的手，使着勁說道："我是不中用的人了！你伏侍我幾年，我原指望咱們兩個總在一處，不想我……"說着，又喘了一會子，閉了眼歇着。紫鵑見他攥着不肯鬆手，自己也不敢挪動。看他的光景，比早半天好些，只當還可以回轉，聽了這話，又寒了半截。半天，黛玉又說道："妹妹，我這裏並沒親人，我的身子是乾淨的，你好歹叫他們送我回去。"説到這裏，又閉了眼不言語了。那手卻漸漸緊了，喘成一處，只是出氣大，入氣小，已經促疾的很了。

紫鵑忙了，連忙叫人請李紈，可巧探春來了。紫鵑見了，忙悄悄的説道："三姑娘，瞧瞧林姑娘罷。"説着，淚如雨下。探春過來，摸了摸黛玉的手，已經涼了，連目光也都散了。探春、紫鵑正哭着叫人端水來給黛玉擦洗，李紈趕忙進來了。三個人才見了，不及説話。剛擦着，猛聽黛玉直聲叫道："寶玉！寶玉！你好……"説到"好"字，便渾身冷汗，不作聲了。紫鵑等急忙扶住，那汗愈出，身子便漸漸的冷了。探春、李紈叫人亂着攏頭穿衣，只見黛玉兩眼一翻，嗚呼！

香魂一縷隨風散，愁緒三更入夢遙！

當時黛玉氣絕，正是寶玉娶寶釵的這個時辰，紫鵑等都大哭起來。李紈、探春想他素日的可疼，今日更加可憐，便也傷心痛哭。因瀟湘館離新房子甚遠，所以那邊並沒聽見。一時，大家痛哭了一陣，只聽得遠遠一陣音樂之聲，側耳一聽，卻又沒有了。探春、李紈走出院外再聽時，惟有竹梢風動，月影移牆，好不淒涼冷淡。

第九篇　金玉聯姻成大禮

　　且説次日鳳姐吃了早飯過來，便要試試寶玉，走進屋裏説道："寶兄弟大喜！老爺已擇了吉日，要給你娶親了！你喜歡不喜歡？"寶玉聽了，只管瞅着鳳姐笑，微微的點點頭兒。鳳姐笑道："給你娶林妹妹過來，好不好？"寶玉卻大笑起來。鳳姐看着，也斷不透他是明白，是糊塗，因又問道："老爺説：你好了就給你娶林妹妹呢；若還是這麼傻，就不給你娶了。"寶玉忽然正色道："我不傻，你才傻呢。"説着，便站起來説："我去瞧瞧林妹妹，叫他放心。"鳳姐忙扶住了，説："林妹妹早知道了。他如今要做新媳婦了，自然害羞，不肯見你的。"寶玉道："娶過來，他到底是見我不見？"鳳姐又好笑，又着忙，心裏想："襲人的話不差。提到林妹妹，雖説仍舊説些瘋話，卻覺得明白些。若真明白了，將來不是林姑娘，打破了這個燈虎兒，那饑荒才難打呢。"便忍笑説道："你好好兒的便見你；若是瘋瘋癲癲的，他就不見你了。"寶玉説道："我有一個心，前兒已交給林妹妹了。他要過來，橫豎給我帶來，還放在我肚子裏頭。"

　　鳳姐聽着竟是瘋話，便出來看着賈母笑。賈母聽了又是笑，又是疼，説道："我早聽見了。如今且不用理他，叫襲人好好的安慰他，咱們走罷。"大家到了薛姨媽那裏，只説："惦記着這邊的事，來瞧瞧。"薛姨媽感激不盡，説些薛蟠的話。薛姨媽要叫人告訴寶釵，鳳姐連忙攔住，説："姑媽不必告訴寶妹妹。"又向薛姨媽陪笑説道："老太太此來，一則為瞧姑媽，二則也有句要緊的話，特請姑媽到那邊商議。"薛姨媽聽了，點點頭兒説："是了。"當晚薛姨媽果然過來，見過了賈母，到王夫人屋裏來，薛姨媽便問道：「剛才我到老太太那裏，寶哥兒出來請安，還好好兒的，不過略瘦些，怎麼你們說得很厲害？」鳳姐便道：「其實也不怎麼，這只是老太太懸心。目今老爺又要起身外任去，不知幾年才來。老太太的意思：頭一件叫老爺看着寶兄弟成了家，也放心；二則也給寶兄弟沖沖喜，借大妹妹的金鎖壓壓邪氣，只怕就好了。」

薛姨媽心裏也願意，只慮着寶釵委屈，說道：「也使得，只是大家還要從長計較計較才好。」薛姨媽雖恐寶釵委屈，然也沒法兒，又見這般光景，只得滿口應承。鴛鴦回去回了賈母，賈母也甚喜歡，又叫鴛鴦過來求薛姨媽和寶釵說明原故，不叫他受委屈，薛姨媽也答應了。便議定鳳姐夫婦作媒人。次日，薛姨媽回家，將這邊的話細細的告訴了寶釵，還說：「我已經應承了。」寶釵始則低頭不語，後來便自垂淚。薛姨媽用好言勸慰，解釋了好些話。寶釵自回房內，寶琴隨去解悶。薛姨媽又告訴薛蝌，叫他：「明日起身，一則打聽審詳的事，一則告訴你哥一個信兒。你即便回來。」

薛蝌去了四日，便回來回覆薛姨媽道：「哥哥的事，上司已經准了誤殺，一過堂就要題本了，叫咱們預備贖罪的銀子。妹妹的事，說：『媽媽做主很好的。趕着辦又省了好些銀子。叫媽媽不用等我。該怎麼着就怎麼辦罷。』」

薛姨媽聽了便叫薛蝌：「辦泥金庚帖，填上八字，即叫人送到璉二爺那邊去，還問了過禮的日子來，你好預備。次日，賈璉過來見了薛姨媽，請了安，便說：「明日就是上好的日子。今日過來回姨太太，就是明日過禮罷。只求姨太太不要挑飭就是了。」說着，捧過通書來。薛姨媽也謙遜了幾句，點頭應允。

這裏王夫人叫了鳳姐命人將過禮的物件都送與賈母過目，並叫襲人告訴寶玉。那寶玉又嘻嘻的笑道：「這裏送到園裏，回來園裏又送到這裏，咱們的人送，咱們的人收，何苦來呢？」

賈母王夫人聽了，都喜歡道："說他糊塗，他今日怎麼這麼明白呢？"鴛鴦等忍不住好笑，只得上來一件一件的點明給賈母瞧，說："這是金項圈，這是金珠首飾，共八十件。這是裝蟒四十疋。這是各色綢緞一百二十疋。這是四季的衣服，共一百二十件。外面也沒有預備羊酒，這是折羊酒的銀子。"

賈母看了，都說好，輕輕的與鳳姐說道："你去告訴姨太太說：不是虛禮，求姨太太等蟠兒出來，慢慢的叫人給他妹妹做來就是了。那好日子的被褥，還是咱們這裏代辦了罷。"鳳姐答應出來，叫賈璉先過去。又叫周瑞旺兒等，吩咐他們："不必走大門，只從園裏從前開的便門內送去。我也就過去。這門離瀟湘館還遠，倘別處的人見了，囑咐他們不用在瀟湘館裏提起。"眾人答應着，送禮而去。

寶玉認以為真，心裏大樂，精神便覺的好些，只是語言總有些瘋傻。那送禮的回來，都不提名說姓，因此上下人等雖都知道，只因鳳姐吩咐，都不敢走漏風聲。

這時寶玉雖因失玉昏憒，但只聽見娶了黛玉為妻，真乃是從古至今、天上人間第一件暢心滿意的事了，那身子頓覺健旺起來，只不過不似從前那般靈透，所以鳳姐的妙計，百發百中，巴不得就見黛玉。盼到今日完姻，真樂的手舞足蹈，雖有幾句傻話，卻與病時光景大相懸絕了。這裏寶玉便叫襲人快快給他裝新，坐在王夫人屋裏，看見鳳姐、尤氏忙忙碌碌，再盼不到吉時，只管問襲人道："林妹妹打園裏來，為甚麼這麼費事，還不來？"襲人忍着笑道："等好時辰呢。"又聽見鳳姐和王夫人說道："雖然有服，外頭不用鼓樂，咱們家的規矩要拜堂的，冷清清的使不的。我傳了家裏學過音樂管過戲的那些女人來，吹打着熱鬧些。"王夫人點頭說："使得。"

一時，大轎從大門進來，家裏細樂迎出去，十二對宮燈排着進來，倒也新鮮雅致。儐相請了新人出轎，寶玉見喜娘披着紅，扶着新人，幪着蓋頭。下首扶新人的，你道是誰？原來就是雪雁。寶玉看見雪雁，猶想：「因何紫鵑不來，倒是他呢？」又想道：「是了，雪雁原是他南邊家裏帶來的；紫鵑是我們家的，自然不必帶來。」因此，見了雪雁竟如見了黛玉的一般歡喜。儐相喝禮，拜了天地，請出賈母受了四拜，後請賈政夫婦等，登堂行禮畢，送入洞房。還有坐帳等事，俱是按本府舊例，不必細說。

那新人坐了帳就要揭蓋頭的。鳳姐早已防備，請了賈母、王夫人等進去照應。寶玉此時到底有些傻氣，便走到新人跟前說道：「妹妹，身上好了？好些天不見了。蓋着這勞什子做甚麼？」欲待要揭去，反把賈母急出一身冷汗來。寶玉又轉念一想道：「林妹妹是愛生氣的，不可造次了。」又歇了一歇，仍是按捺不住，只得上前揭了蓋頭，喜娘接去。雪雁走開，鶯兒上來伺候。寶玉睜眼一看，好像是寶釵，心中不信，自己一手持燈，一手擦眼一看，可不是寶釵麼！只見他盛妝艷服，豐肩軟體，鬢低鬟嚲，眼瞤息微。論雅淡，似荷粉露垂；看嬌羞，真是杏花煙潤了。

寶玉發了一回怔，又見鶯兒立在旁邊，不見了雪雁。此時心無主意，自己反以為是夢中了，呆呆的只管站着。眾人接過燈去，扶着坐下，兩眼直視，半語全無。賈母恐他病發，親自過來招呼着。鳳姐、尤氏請了寶釵進入裏間坐下。寶釵此時自然是低頭不語。

寶玉定了一回神，見賈母、王夫人坐在那邊，便輕輕的叫襲人道：「我是在哪裏呢？這不是做夢麼？」襲人道：「你今日好日子，甚麼夢不夢的混說。老爺可在外頭呢。」寶玉悄悄的拿手指着道：「坐在那裏的這一位美人兒是誰？」襲人握了自己的嘴，笑的說不出話來，半日才說道：「那是新娶的二奶奶。」眾人也都回過頭去，忍不住的笑。寶玉又道：「好糊塗！

精選

紅樓夢

金玉聯姻成大禮

寶玉睜眼一看，好像是寶釵，心中不信，自
己一手持燈，一手擦眼一看，可不是寶釵麼！

你説'二奶奶'，到底是誰？"襲人道："寶姑娘。"寶玉道：
"林姑娘呢？"襲人道："老爺作主娶的是寶姑娘，怎麼混說起
林姑娘來？"寶玉道："我才剛看見林姑娘了麼，還有雪雁呢。
怎麼説沒有？你們這都是做甚麼玩呢？"鳳姐便走上來，輕輕
的説道："寶姑娘在屋裏坐着呢，別混説。回來得罪了他，老
太太不依的。"

　　寶玉聽了，這會子糊塗的更厲害了。本來原有昏憒的病，
加以今夜神出鬼沒，更叫他不得主意，便也不顧別的，口口聲
聲只要找林妹妹去。賈母等上前安慰，無奈他只是不懂。又有
寶釵在內，又不好明説。知寶玉舊病復發，也不講明，只得滿
屋裏點起安息香來，定住他的神魂，扶他睡下。眾人鴉雀無
聞。停了片時，寶玉便昏沉睡去，賈母等才得略略放心，只好
坐以待旦，叫鳳姐去請寶釵安歇。寶釵置若罔聞，也便和衣在
內暫歇。賈政在外，未知內裏原由，只就方才眼見的光景想來，
心下倒放寬了。恰是明日就是起程的吉日，略歇了一歇，眾人
賀喜送行。賈母見寶玉睡着，也回房去暫歇。

　　次早，賈政辭了宗祠，過來拜別賈母，稟稱："不孝遠離，
惟願老太太順時頤養。兒子一到任所，即修稟請安，不必掛念。
寶玉的事，已經依了老太太完結，只求老太太訓誨。"賈母恐
賈政在路不放心，並不將寶玉復病的話説起，只説："我有一
句話，寶玉昨夜完姻，並不是同房，今日你起身，必該叫他遠
送才是。但他因病沖喜，如今才好些，又是昨日一天勞乏，出
來恐怕着了風。故此問你，你叫他送呢，即刻去叫他；你若疼
他，就叫人帶了他來你見見，叫他給你磕個頭就算了。"賈政
道："叫他送甚麼？只要他從此以後認真念書，比送我還喜歡
呢。"賈母聽了，又放了一條心。便叫賈政坐着，叫鴛鴦去，
如此如此，帶了寶玉，叫襲人跟着來。

　　鴛鴦去了不多一會，果然寶玉來了，仍是叫他行禮他便行

禮。只可喜此時寶玉見了父親，神志略斂些，片時清楚，也沒甚麼大差。賈政吩咐了幾句，寶玉答應了。賈政叫人扶他回去了，自己回到王夫人房中，又切實的叫王夫人管教兒子，「斷不可如前驕縱。明年鄉試，務必叫他下場。」王夫人一一的聽了，也沒提起別的，即忙命人攙扶着寶釵過來，行了新婦送行之禮，也不出房。其餘內眷俱送至二門而回。賈珍等也受了一番訓飭。大家舉酒送行，一班子弟及晚輩親友直送至十里長亭而別。

寶玉見了賈政，回至房中，更覺頭昏腦悶，懶怠動彈，連飯也沒吃，便昏沉睡去。仍舊延醫診治，服藥不效，索性連人也認不明白了。大家扶着他坐起來，還是像個好人。一連鬧了幾天。那日恰是回九之期，説是若不過去，薛姨媽臉上過不去；若説去呢，寶玉這般光景，賈母明知是為黛玉而起，欲要告訴明白，又恐氣急生變。寶釵是新媳婦，又難勸慰，必得姨媽過來才好。寶釵也明知其事，心裏只怨母親辦得糊塗，事已至此，不肯多言。寶玉愈加沉重，次日連起坐都不能了；日重一日，甚至湯水不進。薛姨媽等忙了手腳，各處遍請名醫，皆不識病源。只有城外破寺中住着個窮醫姓畢別號知庵的，診得病源是悲喜激射，冷暖失調，飲食失時，憂忿滯中，正氣壅閉：此內傷外感之症。於是度量用藥。至晚服了，二更後，果然省些人事，便要喝水。賈母、王夫人等才放了心，請了薛姨媽帶了寶釵，都到賈母那裏，暫且歇息。

寶玉片時清楚，自料難保，見諸人散後，房中只有襲人，因喚襲人至跟前，拉着手哭道：「我問你，寶姐姐怎麼來的？我記得老爺給我娶了林妹妹過來，怎麼叫寶姐姐趕出去了？他為甚麼霸佔住在這裏？我要説呢，又恐怕得罪了他。你們聽見林妹妹哭的怎麼樣了？」襲人不敢明説，只得説道：「林姑娘病着呢。」寶玉又道：「我瞧瞧他去。」説着，要起來，哪知連日飲食不進，身子豈能動轉，便哭道："我要死了！我有一句心裏的話，只求你回明老太太：橫豎林妹妹也是要死的，我如今也不能保，兩處兩個病人，都要死的！死了愈發難張羅，不如騰一處空房子，趁早把我和林妹妹兩個抬在那裏，活着也好一處醫治、伏侍，死了也好一處停放。你依我這話，不枉了幾年的情分。"襲人聽了這些話，又急，又笑，又痛。

寶釵恰好同着鶯兒過來，也聽見了，便說道："你放着病不保養，何苦說這些不吉利的話呢？老太太才安慰了些，你又生出事來。老太太一生疼你一個，如今八十多歲的人了，雖不圖你的誥封，將來你成了人，老太太也看着樂一天，也不枉了老人家的苦心。太太更是不必說了，一生的心血精神，撫養了你這一個兒子，若是半途死了，太太將來怎麼樣呢。我雖是薄命，也不至於此：據此三件看來，你就要死，那天也不容你死的，所以你是不能死的。只管安穩着養個四五天後，風邪散了，太和正氣一足，自然這些邪病都沒有了。"寶玉聽了，竟是無言可答，半晌，方才嘻嘻的笑道："你是好些時不和我說話了，這會子說這些大道理的話給誰聽？"寶釵聽了這話，便又說道："實告訴你說罷，那兩日你不知人事的時候，林妹妹已經亡故了。"寶玉忽然坐起，大聲詫異道："果真死了嗎？"寶釵道："果真死了。豈有紅口白舌咒人死的呢！老太太、太太知道你姐妹和睦，你聽見他死了，自然你也要死，所以不肯告訴你。"

襲人起初深怨寶釵不該告訴，惟是口中不好說出。鶯兒背地也說寶釵道："姑娘忒性急了。"寶釵道："你知道甚麼，好歹橫豎有我呢。"那寶釵任人誹謗，並不介意，只窺察寶玉心病，暗下針砭，寶玉漸覺神志安定。雖一時想起黛玉，尚有糊塗。更有襲人緩緩的將"老爺選定的寶姑娘為人和厚，嫌林姑娘秉性古怪，原恐早夭。老太太恐你不知好歹，病中着急，所以叫雪雁過來哄你"的話，時常勸解。寶玉終是心酸落淚，欲待尋死，又想着夢中之言，又恐老太太、太太生氣，又不得撩開。又想黛玉已死，寶釵又是第一等人物，方信"金石姻緣"有定，自己也解了好些。寶釵看來不妨大事，於是自己心也安了，只在賈母、王夫人等前盡行過家庭之禮後，便設法以釋寶玉之憂。寶釵每以正言解勸，以"養身要緊，你我既為夫婦，豈在一時"之語安慰他。那寶玉心裏雖不順遂，無奈日裏賈母、王夫人及薛姨媽等輪流相伴，夜間寶釵獨去安寢，賈母又派人伏侍，只得安心靜養。又見寶釵舉動溫柔，就也漸漸的將愛慕黛玉的心腸略移在寶釵身上。此是後話。

鳳姐背了寶玉，緩緩的將黛玉的死事回明了。賈母、王夫人聽得，都唬了一大跳。賈母眼淚交流，説道："是我弄壞了他了！但只是這個丫頭也忒傻氣！"説着，便要到園裏去哭他一場，又惦記着寶玉，兩頭難顧。王夫人等含悲共勸賈母："不必過去，老太太身子要緊。"賈母無奈，只得叫王夫人自去。又説："你替我告訴他的陰靈：'並不是我忍心不來送你，只為有個親疏。你是我的外孫女兒，是親的了；若與寶玉比起來，可是寶玉比你更親些。倘寶玉有些不好，我怎麼見他父親呢。'"説着，又哭起來。王夫人勸道："林姑娘是老太太最疼的，但只壽夭有定，如今已經死了，無可盡心，只是葬禮上要上等的發送。一則可以少盡咱們的心；二則就是姑太太和外甥女兒的陰靈兒也可以少安了。"賈母聽到這裏，愈發痛哭起來。

賈母到寶釵這邊來。那時寶釵尚未回九，所以每每見了人，倒有些含羞之意。這一天，見賈母滿面淚痕，遞了茶，賈母叫他坐下。寶釵側身陪着坐下，才問道："聽得林妹妹病了，不知他可好些了？"賈母聽了這話，那眼淚止不住流下來，因説道："我的兒！我告訴你，你可別告訴寶玉。都是因你林妹妹，才叫你受了多少委屈！你如今作媳婦了，我才告訴你：這

如今你林妹妹沒了兩三天了，就是娶你的那個時辰死的。如今
寶玉這一番病，還是為着這個。你們先都在園子裏，自然也都
是明白的。"寶釵把臉飛紅了；想到黛玉之死，又不免落下淚
來。賈母又說了一回話，去了。

自此，寶釵千回萬轉，想了一個主意，只不肯造次，所以
過了回九，才想出這個法子來。如今果然好些，然後大家說話
才不至似前留神。

獨是寶玉雖然病勢一天好似一天，他的癡心總不能解，
必要親去哭他一場。賈母等知他病未除根，不許他胡思亂想，
怎奈他鬱悶難堪，病多反覆。倒是大夫看出心病，索性叫他開
散了再用藥調理，倒可好得快些。寶玉聽說，立刻要往瀟湘館
來。賈母等只得叫人抬了竹椅子過來，扶寶玉坐上，賈母、王
夫人即便先行。到了瀟湘館內，一見黛玉靈柩，賈母已哭得淚
乾氣絕。鳳姐等再三勸住。王夫人也哭了一場。寶玉一到，想
起未病之先，未到這裏，今日屋在人亡，不禁嚎啕大哭。想起
從前何等親密，今日死別，怎不更加傷感！眾人原恐寶玉病後
過哀，都來解勸。寶玉已經哭得死去活來，大家攙扶歇息。其
餘隨來的，如寶釵，俱極痛哭。

獨是寶玉必要叫紫鵑來見，問明姑娘臨死有何話說。紫鵑
本來深恨寶玉，見如此，心裏已回過來些；又有賈母王夫人都
在這裏，不敢灑落寶玉：便將林姑娘怎麼復病，怎麼燒毀帕
子，焚化詩稿，並將臨死說的話一一的都告訴了。寶玉又哭得
氣噎喉乾。探春趁便又將黛玉臨終囑咐帶柩回南的話也說了一
遍。賈母、王夫人又哭起來。多虧鳳姐能言勸慰，略略止些，
便請賈母等回去。寶玉哪裏肯捨？無奈賈母逼着，只得勉強回
房。

一日，賈母特請薛姨媽過去商量，說："寶玉的命，都虧
姨太太救的。如今想來不妨了，獨委屈了你的姑娘。如今寶玉

調養百日，身體復舊，又過了娘娘的功服，正好圓房：要求姨太太作主，另擇個上好的吉日。"薛姨媽便道："老太太主意很好，何必問我？寶丫頭雖生的粗笨，心裏卻還是極明白的。他的情性，老太太素日是知道的。但願他們兩口兒言和意順，從此老太太也省好些心，我姐姐也安慰些，我也放了心了。老太太就定個日子。還通知親戚不用呢？"賈母道："寶玉和你們姑娘生來第一件大事，況且費了多少周折，如今才得安逸，必要大家熱鬧幾天。親戚都要請的。一來酬願，二則咱們吃杯喜酒，也不枉我老人家操了好些心。"

薛姨媽聽着，自然也是喜歡的，便將要辦妝奩的話也說了一番。賈母道："咱們親上做親，我想也不必這麼。若說動用的，他屋裏已經滿了；必定寶丫頭他心愛的要你幾件，姨太太就拿了來。我看寶丫頭也不是多心的人，比不的我那外孫女兒的脾氣，所以他不得長壽。"說着，連薛姨媽也便落淚。

第十篇　寶玉出走絕塵緣

　　寶玉聽見説是和尚在外頭，趕忙的獨自一人走到前頭，嘴裏亂嚷道：“我的師父在哪裏？”叫了半天，並不見有和尚，只得走到外面。見李貴將和尚攔住，不放他進來。寶玉便説道：“太太叫我請師父進去。”李貴聽了，鬆了手，那和尚便搖搖擺擺的進來。

　　寶玉看見那僧的形狀與他死去時所見的一般，心裏早有些明白了，便上前施禮，連叫：“師父，弟子迎候來遲。”那僧説：“我不要你們接待，只要銀子拿了來，我就走。”寶玉聽來，又不像有道行的話，看他滿頭癩瘡，渾身腌臢破爛，心裏想道：“自古説，‘真人不露相，露相不真人’，也不可當面錯過。我且應了他謝銀，並探探他的口氣。”便説道：“師父不必性急。現在家母料理，請師父坐下，略等片刻。弟子請問師父：可是從太虛幻境而來？”那和尚道：“甚麼‘幻境’！不過是來處來、去處去罷了。我是送還你的玉來的。我且問你，那玉是從哪裏來的？”寶玉一時對答不來，那僧笑道：“你自己的來路還不知，便來問我！”寶玉本來穎悟，又經點化，早把紅塵看破，只是自己的底裏未知。一聞那僧問起玉來，好像當頭一棒，便説道：“你也不用銀子的，我把那玉還你罷。”那僧笑道：“也該還我了。”

　　寶玉也不答言，往裏就跑。走到自己院內，忙向自己牀邊取了那玉，便走出來。襲人即忙拉住寶玉，道：“這斷使不得的！那玉就是你的命，若是他拿了去，你又要病着了！”寶玉道：“如今再不病的了。我已經有了心了，要那玉何用？”襲人顧不得甚麼，一面趕着跑，一面嚷道：“上回丢了玉，幾乎沒有把我的命要了！"寶玉急了，狠命的把襲人一推，抽身要走。怎奈襲人兩隻手繞着寶玉的帶子不放，哭着喊着坐在地下。

紫鵑在屋裏聽見寶玉要把玉給人，這一急比別人更甚，把素日冷淡寶玉的主意都忘在九霄雲外了，連忙跑出來，幫着抱住寶玉。那寶玉雖是個男人，用力摔打，怎奈兩個人死命的抱住不放，也難脫身，歎口氣道："為一塊玉，這樣死命的不放！若是我一個人走了，你們又怎麼樣？"襲人、紫鵑聽了這話，不禁嚎啕大哭起來。

正在難分難解，王夫人、寶釵急忙趕來。寶玉只得陪笑道："這當甚麼，又叫太太着急？我說那和尚不近人情：他必要一萬銀子，少一個不能。拿了這玉還他，就說是假的，要這玉幹甚麼？"寶玉又道："玉不還他也使得，只是我還得當面見他一見才好。"襲人等仍不肯放手。到底寶釵明決，說："放了手，由他去就是了。"襲人只得放手。寶玉笑道："你們這些人，原來重玉不重人哪！你們既放了我，我便跟着他走了，看你們就守着那塊玉怎麼樣？"王夫人、寶釵甚是不放心，又叫人出去，聽着和尚說些甚麼。小丫頭回道："和尚說，要玉不要人。後來和尚和二爺兩個人說着笑甚麼'大荒山'，甚麼'青埂峰'，又說甚麼'太虛境'、'斬斷塵緣'這些話。"王夫人聽着也不懂。寶釵聽了，唬得兩眼直瞪，半句話都沒有了。

只見寶玉笑嘻嘻的進來說："好了，好了！"王夫人道："你瘋瘋癲癲的說的是甚麼？"寶玉道："正經話，又說我瘋癲。那和尚與我原認得的，他不過也是要來見我一見。他何嘗是真要銀子呢？也只當化個善緣就是了。所以說明了，他自己就飄然而去了。這可不是好了麼？"王夫人便問寶玉："他到底住在哪裏？"寶玉笑道："這個地方兒，說遠就遠，說近就近。"寶釵不待說完，便道："你醒醒兒罷，老爺還吩咐叫你幹功名上進呢。"寶玉道："我說的不是功名麼？你們不知道'一子出家，七祖升天'？"王夫人不覺傷起心來，説："我們的家運怎麼好？一個四丫頭口口聲聲要出家，如今又添出一個來了。説着，放聲大哭。寶釵見王夫人傷心，只得上前苦勸。

如今四姑娘既要修行，紫鵑求太太們將他派了跟着姑娘，伏侍姑娘一輩子，不知太太們准不准？紫鵑説："若准了，就是我的造化了。"

只見寶玉聽到那裏，他又哈哈的大笑，走上來道："我不該説的。這紫鵑蒙太太派給我屋裏，我才敢説，求太太准了他罷，全了他的好心。四妹妹也是一定的主意了？"惜春道："二哥哥説話也好笑，一個人主意不定，便扭得過太太們來了？我也是像紫鵑的話：容我呢，是我的造化；不容我呢，還有一個死呢！那怕甚麼？二哥哥既有話，只管説。"寶玉道："我這

也不算甚麼洩漏了，這也是一定的。我念一首詩給你們聽聽罷。"又說："不是做詩，我到過一個地方兒看了來的。"便說道：

勘破三春景不長，緇衣頓改昔年妝。
可憐繡戶侯門女，獨臥青燈古佛旁！

李紈寶釵聽了詫異道："不好了！這個人入了魔了。"王夫人聽了這話，點頭歎息，便問："寶玉，你到底是哪裏看來的？"寶玉不便說出來，回道："太太也不必問我，自有見的地方。"王夫人回過味來，細細一想，便更哭起來道："你說前兒是玩話，怎麼忽然有這首詩？罷了，我知道了！你們叫我怎麼樣呢？我也沒有法兒了，也只得由着你們去罷！但只等我合上了眼，各自幹各自的就完了！"

寶釵一面勸着，這個心比刀絞更甚，也撐不住，便放聲大哭起來。襲人也痛哭不止，說："我也願意跟了四姑娘去修行。"寶玉笑道："你也是好心，但是你不能享這個清福的。"因時已五更，寶玉請王夫人安歇。

次日，賈蘭隔着窗戶問道："二叔在屋裏呢麼？"寶玉聽了便站起來笑道："你進來罷。"寶釵也站起來。賈蘭進來，笑容可掬的給寶玉、寶釵請了安，便把書子呈給寶玉瞧。寶玉接在手中看了，便道："你三姑姑回來了？"賈蘭道："爺爺既如此寫，自然是回來的了。"寶玉點頭不語，默默如有所思。賈蘭便問："叔叔看見了，爺爺後頭寫着，叫咱們好生念書呢。叔叔這程子只怕總沒作文章罷？"寶玉笑道："我也要作幾篇熟一熟手，好去誆這個功名。"賈蘭道："叔叔既這樣，就擬幾個題目，我跟着叔叔作作，也好進去混場。別到那時交了白卷子，惹人笑話；不但笑話我，人家連叔叔都要笑話了。"寶玉道："你也不至如此。"說着，寶釵命賈蘭坐下。

賈蘭側身坐了。兩個談了一回文，不覺喜動顏色。這裏寶玉和賈蘭講文，鶯兒沏過茶來。賈蘭站起來接了，又説了一會子下場的規矩，並請甄寶玉在一處的話，寶玉也甚似願意。

　　賈蘭回去，寶玉便命麝月、秋紋等收拾一間靜室，把那些語錄名稿及應制詩之類，都找出來，擱在靜室中，自己卻當真靜靜的用起功來。寶釵這才放了心。

　　過了幾天，便是場期。別人只知盼望他爺兒兩個作了好文章，便可以高中的了，只有寶釵見寶玉的工課雖好，只是那有意無意之間，卻別有一種冷靜的光景。知他要進場了，頭一件，叔侄兩個都是初次赴考，恐人馬擁擠，有甚麼失閃；第二件，寶玉自和尚去後，總不出門，雖然見他用功喜歡，只是改的太速太好了，反倒有些信不及，只怕又有甚麼變故。所以進場的頭一天，一面派了襲人帶了小丫頭們同着素雲等給他爺兒兩個收拾妥當，自己又都過了目，好好的擱起，預備着；一面過來同李紈回了王夫人，揀家裏老成的管事的多派了幾個，只説怕人馬擁擠碰了。

　　寶玉、賈蘭換了半新不舊的衣服，欣然過來見了王夫人。王夫人囑咐道："你們爺兒兩個都是初次下場，但是你們活了這麼大，並不曾離開我一天。就是不在我跟前，也是丫頭媳婦們圍着，何曾自己孤身睡過一夜。今日各自進去，孤孤淒淒，舉目無親，須要自己保重。早些作完了文章出來，找着家人，早些回來，也叫你母親、媳婦們放心。"王夫人説着，不免傷起心來。

　　賈蘭聽一句答應一句。只見寶玉一聲不哼，待王夫人説完了，走過來給王夫人跪下，滿眼流淚，磕了三個頭，説道："母親生我一世，我也無可答報。只有這一入場，用心作了文章，好好的中個舉人出來，那時太太喜歡喜歡，便是兒子一輩子的事也完了，一輩子的不好，也都遮過去了。"王夫人聽了，更覺傷心，便道："你有這個心，自然是好的，可惜你老太太不能見你的面了！"一面說，一面哭着拉他。那寶玉只管跪着，不肯起來，便說道："老太太見與不見，總是知道的，喜歡的。既能知道了，喜歡了，便是不見也和見了的一樣。只不過隔了形質，並非隔了神氣啊。"

李紈見王夫人和他如此，一則怕勾起寶玉的病來，二則也覺得光景不大吉祥。一面叫人攙起寶玉來。寶玉卻轉過身來給李紈作了個揖，說："嫂子放心！我們爺兒兩個都是必中的。日後蘭哥還有大出息，大嫂子還要帶鳳冠穿霞帔呢。"李紈笑道："但願應了叔叔的話，也不枉……"說到這裏，恐怕又惹起王夫人的傷心來，連忙咽住了。寶玉笑道："只要有了個好兒子，能夠接續祖基，就是大哥哥不能見，也算他的後事完了。"李紈見天氣不早了，也不肯儘着和他說話，只好點點頭兒。

此時寶釵早已獃了。這些話，不但寶玉說的不好，便是王夫人、李紈所說，句句都是不祥之兆，卻又不敢認真，只得忍淚無言。那寶玉走到跟前，深深的作了一個揖。眾人見他行事古怪，也摸不着是怎麼樣，又不敢笑他。只見寶釵的眼淚直流下來，眾人更是納罕。又聽寶玉說道："姐姐！我要走了，你好生跟着太太，聽我的喜信兒罷。"寶釵道："是時候了，你不必說這些嘮叨話了。"寶玉道："你倒催的我緊，我自己也知道該走了。"回頭見眾人都在這裏，只沒惜春、紫鵑，便說道："四妹妹和紫鵑姐姐跟前，替我說罷。他們兩個橫豎是再見的。"

眾人見他的話，又像有理，又像瘋話。大家只說他從來沒出過門，都是太太的一套話招出來的，不如早早催他去了，就完了事了，便說道："外面有人等你呢，你再鬧就誤了時辰了。"寶玉仰面大笑道："走了，走了！不用胡鬧了！完了事了！"眾人也都笑道："快走罷！"獨有王夫人和寶釵娘兒兩個倒像生離死別的一般，那眼淚也不知從哪裏來的，直流下來，幾乎失聲哭出。但見寶玉嘻天哈地，大有瘋傻之狀，遂從此出門而去。正是：

走來名利無雙地，打出樊籠第一關。

看看到了出場日期，王夫人只盼着寶玉、賈蘭回來。等到晌午，不見回來，王夫人、李紈、寶釵着忙，打發人去到下處打聽。去了一起，又無消息，連去的人也不來了。回來又打發一起人去，又不見回來。三個人心裏如熱油熬煎。

等到傍晚，有人進來，見是賈蘭。眾人喜歡，問道："寶二叔呢？"賈蘭也不及請安，便哭道："二叔丟了。"王夫人聽了這話，便怔了半天，也不言語，便直挺挺的躺倒牀上。虧得彩雲等在後面扶着，下死的叫醒轉來，哭着。見寶釵也是白瞪兩眼，襲人等已哭得淚人一般，只有哭着罵賈蘭道："糊塗東西！你同二叔在一處，怎麼他就丟了？"賈蘭道："我和二叔在下處是一處吃，一處睡。進了場，相離也不遠，刻刻在一處的。今兒一早，二叔的卷子早完了，還等我呢。我們兩個人一起去交了卷子，一同出來，在龍門口一擠，回頭就不見了。我們家接場的人都問我。李貴還說：'看見的，相離不過數步，怎麼一擠就不見了？'現叫李貴等分頭的找去。我也帶了人，各處號裏都找遍了，沒有，我所以這時候才回來。"

王夫人是哭的一句話也說不出來；寶釵心裏已知八九；襲人痛哭不已；賈薔等不等吩咐，也是分頭而去。可憐榮府的人，個個死多活少，空備了接場的酒飯。賈蘭也都忘了辛苦，還要自己找去。倒是王夫人攔住道："我的兒，你叔叔丟了，還禁得再丟了你麼？好孩子，你歇歇去罷。"賈蘭哪裏肯走？尤氏等苦勸不止。

眾人中只有惜春心裏卻明白了，只不好説出來，便問寶釵道：「二哥哥帶了玉去了沒有？」寶釵道：「這是隨身的東西，怎麼不帶？」惜春聽了，便不言語。襲人想起那日搶玉的事來，也是料着和尚作怪，柔腸幾斷，珠淚交流，嗚嗚咽咽哭個不住，追想當年寶玉相待的情分：「有時慪他，他便惱了，也有一種令人回心的好處，那溫存體貼，是不用説了。若慪急了他，便賭誓説做和尚。誰知今日卻應了這句話了！」

如此一連數日，王夫人哭得飲食不進，命在垂危。忽有家人回道：「海疆來了一人，口稱統制大人那裏來的，説：我們家的三姑奶奶，明日到京了。」王夫人聽説探春回京，雖不能解寶玉之愁，那個心略放了些。到了明日，果然探春回來。眾人遠遠接着，見探春出挑得比先前更好了，服彩鮮明。看見王夫人形容枯槁，眾人眼腫腮紅，便也大哭起來，哭了一會，然後行禮。看見惜春道姑打扮，心裏很不舒服。又聽見寶玉心迷走失，家中多少不順的事，大家又哭起來。還虧得探春能言，見解亦高，把話來慢慢兒的勸解了好些時，王夫人等略覺好些。至次日，三姑爺也來了，知有這樣事，留探春住下勸解。跟探春的丫頭老婆也與眾姐妹們相聚，各訴別後情事。從此，上上下下的人，竟是無晝無夜，專等寶玉的信。

那一夜五更多天，外頭幾個家人進來，到二門口報喜。幾個小丫頭亂跑進來，也不及告訴大丫頭了，進了屋子，便説：「太太奶奶們大喜！」王夫人打量寶玉找着了，便喜歡的站起身來説：「在哪裏找着的？快叫他進來！」那人道：「中了第七名舉人。」王夫人道：「寶玉呢？」家人不言語。王夫人仍舊坐下。探春便問：「第七名中的是誰？」家人回説：「是寶二爺。」正説着，外頭又嚷道：「蘭哥兒中了！」那家人趕忙出去，接了報單回稟，見賈蘭中了一百三十名。李紈心下自然喜歡，但因不見了寶玉，不敢喜形於色。王夫人見賈蘭中了，心下也是喜歡，只想：「若是寶玉一回來，咱們這些人，不知怎樣樂呢！」獨有寶釵心下悲苦，又不好掉淚。眾人道喜，説是：「寶玉既有中的命，自然再不會丟的，不過再過兩天，必然找的着。」

　　王夫人等想來不錯，略有笑容，眾人便趁勢勸王夫人等多進了些飲食。只見三門外頭焙茗亂嚷説：「我們二爺中了舉人，是丟不了的了。」眾人問道：「怎麼見得？」焙茗道：「『一舉成名天下聞』！如今二爺走到哪裏，哪裏就知道的，誰敢不送來！」惜春道：「這樣大人了，哪裏有走失的？只怕他勘破世情，入了空門，這就難找着他了。」這句話又招的王夫人等都大哭起來。李紈道：「古來成佛作祖成神仙的，果然把爵位富貴都拋了，也多得很。」王夫人哭道：「他若拋了父母，這就是不孝，怎能成佛作祖。」探春道：「大凡一個人，不可有奇處。二哥哥生來帶塊玉來，都道是好事；這麼説起來，都是有了這塊玉的不好。若是再有幾天不見，我不是叫太太生氣：就有些原故了，只好譬如沒有生這位哥哥罷了。果然有來頭成了正果，也是太太幾輩子的修積。」寶釵聽了不言語。

　　次日，賈蘭只得先去謝恩，知道甄寶玉也中了，大家序了同年。提起賈寶玉心迷走失，甄寶玉歎息勸慰。知貢舉的將考中的卷子奏聞，皇上一一的披閲，看取中的文章，俱是平正通達的。見第七名賈寶玉是金陵籍貫，第一百三十名又是金陵賈蘭，皇上傳旨詢問：「兩個姓賈的是金陵人氏，是否賈妃一族？」大臣領命出來，傳賈寶玉、賈蘭問話。賈蘭將寶玉場後迷失的話，並將三代陳明，大臣代為轉奏。皇上最是聖明仁德，想起賈氏功勳，命大臣查復。大臣便細細的奏明。皇上甚是憫恤，命有司將賈赦犯罪情由，查案呈奏。皇上又看到「海疆靖寇班師善後事宜」一本，奏的是「海晏河清，萬民樂業」的事。皇上聖心大悦，命九卿敍功議賞，並大赦天下。

　　一日，人報甄老爺同三姑爺來道喜，王夫人便命賈蘭出去接待。不多一時，賈蘭進來，笑嘻嘻的回王夫人道：「太太們大喜了！甄老爺在朝內聽見有旨意，說是大爺爺的罪名免了；珍大爺不但免了罪，仍襲了寧國三等世職。榮國世職，仍是爺爺襲了，俟丁憂服滿，仍升工部郎中。所抄家產，全行賞還。二叔的文章，皇上看了甚喜。問知元妃兄弟，北靜王還奏說人品亦好，皇上傳旨召見。眾大臣奏稱：『據伊侄賈蘭回稱出場時迷失，現在各處尋訪。』皇上降旨，着五營各衙門用心尋訪。這旨意一下，請太太們放心，皇上這樣聖恩，再沒有找不着的。」王夫人等這才大家稱賀，喜歡起來。

　　且說賈政扶賈母靈柩，賈蓉送了秦氏、鳳姐、鴛鴦的棺木到了金陵，先安了葬。賈蓉自送黛玉的靈，也去安葬。一日，接到家書，一行一行的看到寶玉、賈蘭得中，心裏自是喜歡；後來看到寶玉走失，復又煩惱。只得趕忙回來。在道兒上又聞得有恩赦的旨意，又接着家書，果然赦罪復職，更是喜歡，便日夜趕行。

　　行到毘陵驛地方，那天乍寒，下雪，泊在一個清靜去處。賈政打發眾人上岸投帖，辭謝朋友，總說即刻開船，都不敢勞動。船上只留一個小廝伺候，自己在船中寫家書，先要打發人起早到家。寫到寶玉的事，便停筆。抬頭忽見船頭上微微的雪影裏面一個人，光着頭，赤着腳，身上披着一領大紅猩猩氈的斗篷，向賈政倒身下拜。賈政尚未認清，急忙出船，欲待扶住問他是誰。那人已拜了四拜，站起來打了個問訊。賈政才要還揖，迎面一看，不是別人，卻是寶玉。賈政吃一大驚，忙問道：「可是寶玉麼？」那人只不言語，似喜似悲。賈政又問道：「你若是寶玉，如何這樣打扮，跑到這裏來？」寶玉未及回言，只見船頭上來了兩人，一僧一道，夾住寶玉道：「俗緣已畢，還不快走。」

一僧一道，夾住寶玉道：
"俗緣已畢，還不快走。"

説着，三個人飄然登岸而去。賈政不顧地滑，疾忙來趕，見那三人在前，哪裏趕得上？只聽得他們三人口中不知是哪個作歌曰：

　　　　我所居兮，青埂之峰；
　　　　我所遊兮，鴻濛太空。
　　　　誰與我逝兮，吾誰與從？
　　　　渺渺茫茫兮，歸彼大荒！

　　賈政一面聽着，一面趕去，轉過一小坡，倏然不見。賈政已趕得心虛氣喘，驚疑不定。回過頭來，見自己的小廝也隨後趕來，賈政問道："你看見方才那三個人麼？"小廝道："看見的。奴才為老爺追趕，故也趕來。後來只見老爺，不見那三個人了。"賈政還欲前走，只見白茫茫一片曠野，並無一人。真個是：

　　　　為官的，家業凋零；
　　　　富貴的，金銀散盡；
　　　　有恩的，死裏逃生；
　　　　無情的，分明報應。
　　　　欠命的，命已還；
　　　　欠淚的，淚已盡。
　　　　冤冤相報自非輕，
　　　　分離聚合皆前定。
　　　　欲知命短問前生，
　　　　老來富貴也真僥倖。
　　　　看破的，遁入空門；
　　　　癡迷的，枉送了性命。

好一似食盡鳥投林，

落了片白茫茫大地真乾淨！

賈政知是古怪，只得回來。

眾家人回船，見賈政不在艙中，問了船夫，說是老爺上岸追趕兩個和尚一個道士去了。眾人也從雪地裏尋蹤迎去，遠遠見賈政來了，迎上去接着，一同回船。賈政坐下，喘息方定，將見寶玉的話說了一遍。眾人回稟，便要在這地方尋覓。賈政歎道："你們不知道！這是我親眼見的，並非鬼怪。況聽得歌聲，大有玄妙。寶玉生下時，衛了玉來，便也古怪，我早知是不祥之兆，為的是老太太疼愛，所以養育到今。便是那和尚道士，我也見了三次：頭一次，是那僧道來說玉的好處；第二次，便是寶玉病重，他來了，將那玉持誦了一番，寶玉便好了；第三次，送那玉來，坐在前廳，我一轉眼就不見了。我心裏便有些詫異，只道寶玉果真有造化，高僧仙道來護佑他的。豈知寶玉是下凡歷劫的，竟哄了老太太十九年！如今叫我才明白。"說到那裏，掉下淚來。

眾人道："寶二爺果然是下凡的和尚，就不該中舉人了。怎麼中了才去？"賈政道："你們哪裏知道？大凡天上星宿，山中老僧，洞裏的精靈，他自具一種性情。你看寶玉何嘗肯念書？他若略一經心，無有不能的。他那一種脾氣，也是各別另樣。"說着，又歎了幾聲。眾人便拿蘭哥得中、家道復興的話解了一番。賈政仍舊寫家書，便把這事寫上，勸諭合家不必想念了。

三個主角的性格和命運

　　在大觀園這個世界中，賈寶玉、林黛玉和薛寶釵三人是主角，他們三人性格各異，關係微妙，愛情上糾葛不斷。到底是"金玉良緣"寶釵跟寶玉，還是"木石前盟"林妹妹跟寶玉，他們的愛情和命運會如何發展？這條故事主線一直貫穿全書。

　　賈寶玉，別號怡紅公子、富貴閑人，是賈府的寶貝。他從小在女兒堆裏長大，喜歡親近女孩，討厭男人。雖然跟男性交往的時候，他大體是一個舉止得體，聰俊靈秀的"好寶玉"；在跟女性交往的時候，他則又是一個乖僻邪謬、心智渾濁的"壞寶玉"。他不要"功名利祿"，不願意寫"八股文章"，被視為賈家的混世魔王，有瘋病的獃子。他愛與他一樣性格有些叛逆的林黛玉。可是命運總是喜歡作弄人。

　　林黛玉孤苦伶仃，寄人籬下，性格多愁善感，美貌孤傲，氣量小，說話尖酸，有時也表現出了幾分癡病。他心地純真，不會諂媚阿諛，反叛的性格使他成為賈寶玉的知己，與寶玉相愛是他精神和生命的支柱。聽說賈寶玉將要娶寶釵，他吐血焚稿，以死來抗爭。

　　寶釵外貌端莊，平和多才，溫柔淳厚，是舊時代家長心目中的閨秀風範。他處事得體，非常會做人，跟長幼尊卑都相處得來，賈府上下都喜歡他。但他城府頗深，圓滑事故，像他撲蝶脫身的"金蟬脫殼"之計，用得流水無痕，卻又跟他的淳厚為人反差巨大，如同天壤。

幾百年來，因為兩人性格迥異，各有優劣，讀者喜好不一，也分成"擁林派"和"擁薛派"。爭論之一，就是性格決定命運嗎？

　　寶玉和黛玉情意相投，暗自引為知己。但又因薛寶釵或其他小事，經常爭吵。情感卻是愈吵愈深。寶玉愛的是林妹妹，是那個多情善感超世絕俗的"仙妹妹"，而不是成天要他讀書上進的寶釵。書中講到，賈寶玉神遊太虛幻境時，警幻仙姑命十二個舞女演唱十二首曲子給他聽，把人的命運都透露出來，其中有段唱道："〔終身誤〕都道是金玉良緣，俺只念木石前盟。空對着，山中高士晶瑩雪；終不忘，世外仙姝寂寞林。歎人間，美中不足今方信。縱然是齊眉舉案，到底意難平。"是用寶玉的口吻説出，他面對兩人的悲劇命運。

　　但是，賈府上娶親是非常現實的，識大體的寶釵，自然更合心意。於是賈母等人施展掉包計，他和薛寶釵結了婚。婚後，畢竟話語不投機，寶釵總是用世俗大道理引導寶玉博取功名，他自然鬱悶。結果，婚後不久，寶玉就出走，去當和尚去了。

　　三個主角都不是盡善盡美的人，也不是大善大惡的人，各自的性格都有優劣的方面，也因此，他們都是真的人，表現出真實的情感，現實中的人有多少情感，他們就把那樣情感表現出來。因此，讀者會感同身受，會感慨這樣的結局：林黛玉死了，寶玉出家了，薛寶釵獨守空門了。為甚麼個人的意志掙脱不開命運的束縛，束縛人的是那時代，那家庭，還是那性格？

趣味重溫（2）

一、你明白嗎？

1. 黛玉到寶釵處時碰到了寶玉説道：“哎喲，我來的不巧了！”寶玉等忙起身笑讓座，寶釵因笑道：“這話怎麼説？”黛玉笑道：“早知他來，我就不來了。”寶釵道：“我更不解這意。”林黛玉説這些話的真實意思是：
   a. 責備寶玉到寶釵處
   b. 自圓其説，掩飾自己吃醋
   c. 黛玉怪寶玉沒叫他一起來
   d. 為自己的莽撞表示歉意

2. 寶玉道：“你只好點這些戲。”寶釵道：“你白聽了這幾年戲，哪裏知道這齣戲，排場詞藻都好呢。”寶玉聽寶釵念過戲詞後，稱賞不已，又讚寶釵無書不知。黛玉把嘴一撇道：“安靜些看戲罷！還沒唱《山門》，你就‘裝瘋’了。”林黛玉為甚麼借戲諷刺寶玉呢？
   a. 不滿寶釵奉承賈母
   b. 黛玉聽見寶玉誇寶釵，心生嫉妒
   c. 黛玉怕吵了賈母等看戲
   d. 寶釵在人前故意表現才華

二、想深一層

1. 寶玉聽説，自己由不得臉上沒意思，只得又搭訕笑道：“怪不得他們拿姐姐比楊妃，原也體胖怯熱。”寶釵聽説，登時紅了臉，待要發作，又不好怎麼樣；回思了一回，臉上愈下不來，便冷笑了兩聲，説道：“我倒像楊妃，只是沒個好哥哥、好兄弟可以做得楊國忠的！”

這些表情的變化表現了寶釵怎樣的性格？

a. 顧全大局，不給人難堪

b. 溫柔敦厚，性情溫和

c. 深藏不露，真實性格偶爾鋒芒畢露

d. 待人隨和，行事豁達

2. 張道士等人送給寶玉的賀儀中有個赤金點翠的麒麟，賈母忽想起好像誰也有這麼一個麒麟，寶釵從旁説是史湘雲也有一個。這時探春插話説："寶姐姐有心，不管甚麼都記得。"黛玉就接着冷笑道："他在別的上頭還有限，惟有這些人帶的東西越發留心。"寶釵聽説，回頭裝沒聽見。

林黛玉在長輩面前為何還要冷笑呢？

a. 借題發揮，對金玉良緣的説法耿耿於懷

b. 言語刻薄，喜歡譏諷人

c. 生性多疑，不信任別人

d. 孤芳自賞，看不起他人

三、延伸思考

1. 林黛玉特別愛哭，有人説是因為他多愁善感；有人説是因為他小心眼，心胸狹窄，想不開；有人説是因為體弱多病，寄人籬下。整理一下他哭的場景，你覺得他為甚麼哭呢？

2. 《紅樓夢》的結局是高鶚續寫完成的，如果曹雪芹有機會完成的話，故事內容又會演變成如何呢？賈寶玉與林黛玉會長相廝守嗎？《紅樓夢》還會以悲劇收場嗎？

參考答案

趣味重溫（1）

一、你明白嗎？

1. a. 賈元春 賈迎春 賈探春 賈惜春　b. 薛寶釵　c. 賈府和薛家

2. a. 林黛玉　b. 薛寶釵　c. 賈寶玉　d. 王熙鳳　e. 賈惜春

二、想深一層

1. a. 林如海 賈母 賈政　b. 賈珠 賈寶玉　c. 趙姨娘 李紈

2. a. 3）　b. 2）　c. 2）

三、延伸思考不設答案

趣味重溫（2）

一、你明白嗎？

1. b　2. b

二、想深一層

1. c　2. a

三、延伸思考不設答案

精選 紅樓夢

有的人喜歡薛寶釵,有的人喜歡林黛玉,從古到今,一直爭辯不止,為了什麼?

一部《紅樓夢》,好像有解不完的謎底,大學者,大作家,莫不參加解謎,謎底到底是什麼?

本書從《紅樓夢》精選了部分篇章,以賈寶玉、林黛玉和薛寶釵三人的故事貫穿全書,以大家族的興衰變化作為故事的大背景。讓大家可以更快明白它究竟是怎樣一本書。

代理商·聯合出版
電話 02-25868596

NT: 230.

商務印書館(香港)有限公司
http://www.commercialpress.com.hk

陳列類別:文學　　　　HK$50.00

中文閱讀第一階
中文閱讀第二階 ✓
中文閱讀第三階

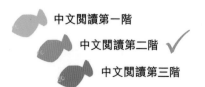

ISBN 978 962 07 1859 5

聯合出版集團

9 789620 718595

PUBLISHED AND PRINTED IN HONG KONG